KB071105

톨스토이 인생론

옮긴이 이길주

한국외대 러시아어과를 졸업, 동 통역대학원과 미국 몬테레이 국제대학에서 석사과정을 밟았으며, 다시 한국외대에서 문학박사 학위를 취득했다. 주요 저서로 『고급 러시아어 강독』『러시아 : 상상할 수 없었던 아름다움과 예술의 나라』, 역서로 『도스토예프스키의 유럽 인상기』『끄르일로프 우화집』『작가의 일기』『카라마조프가의 형제들』『안나 카레니나』 등이 있다. 현재 배재대 러시아학과 교수로 재직 중이다.

톨스토이 인생론 · 사랑은 있다

—

초판 1쇄 2016년 12월 20일
지은이 레프 톨스토이
옮긴이 이길주
펴낸이 김영재
펴낸곳 책만드는집
—
주소 서울 마포구 양화로3길99 4층(04022)
전화 3142-1585 · 6
팩스 336-8908
전자우편 chaekjip@naver.com
출판등록 1994년 1월 13일 제10-927호
—

* 잘못 만들어진 책은 구입하신 서점에서 교환해드립니다.

—

ISBN 978-89-7944-588-6 (03890)

—

이 도서의 국립중앙도서관 출판사도서목록(CIP)은 e-CIP
홈페이지(http://www.nl.go.kr/cip.php)에서 이용하실 수 있습니다.
(CIP제어번호 : CIP2016027772)

사랑은 있다

톨스토이 인생론

레프 톨스토이 지음 | 이길주 옮김

책만드는집

Contents _차례

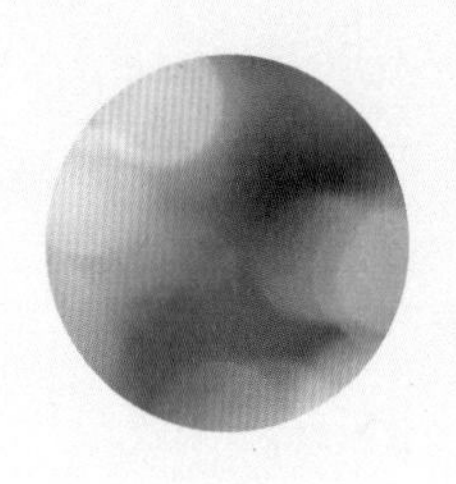

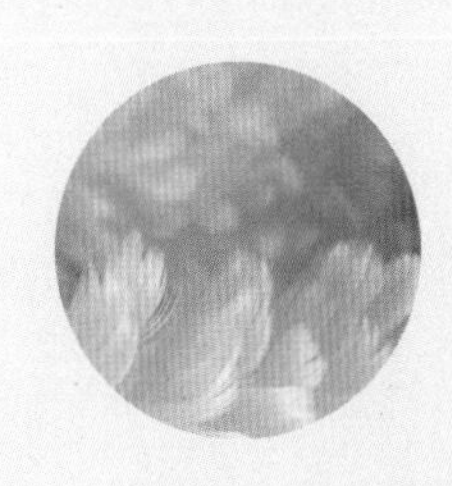

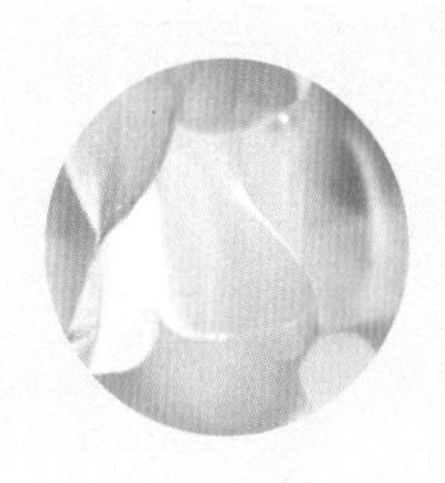

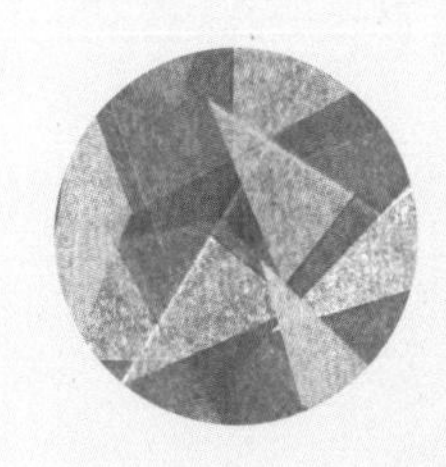

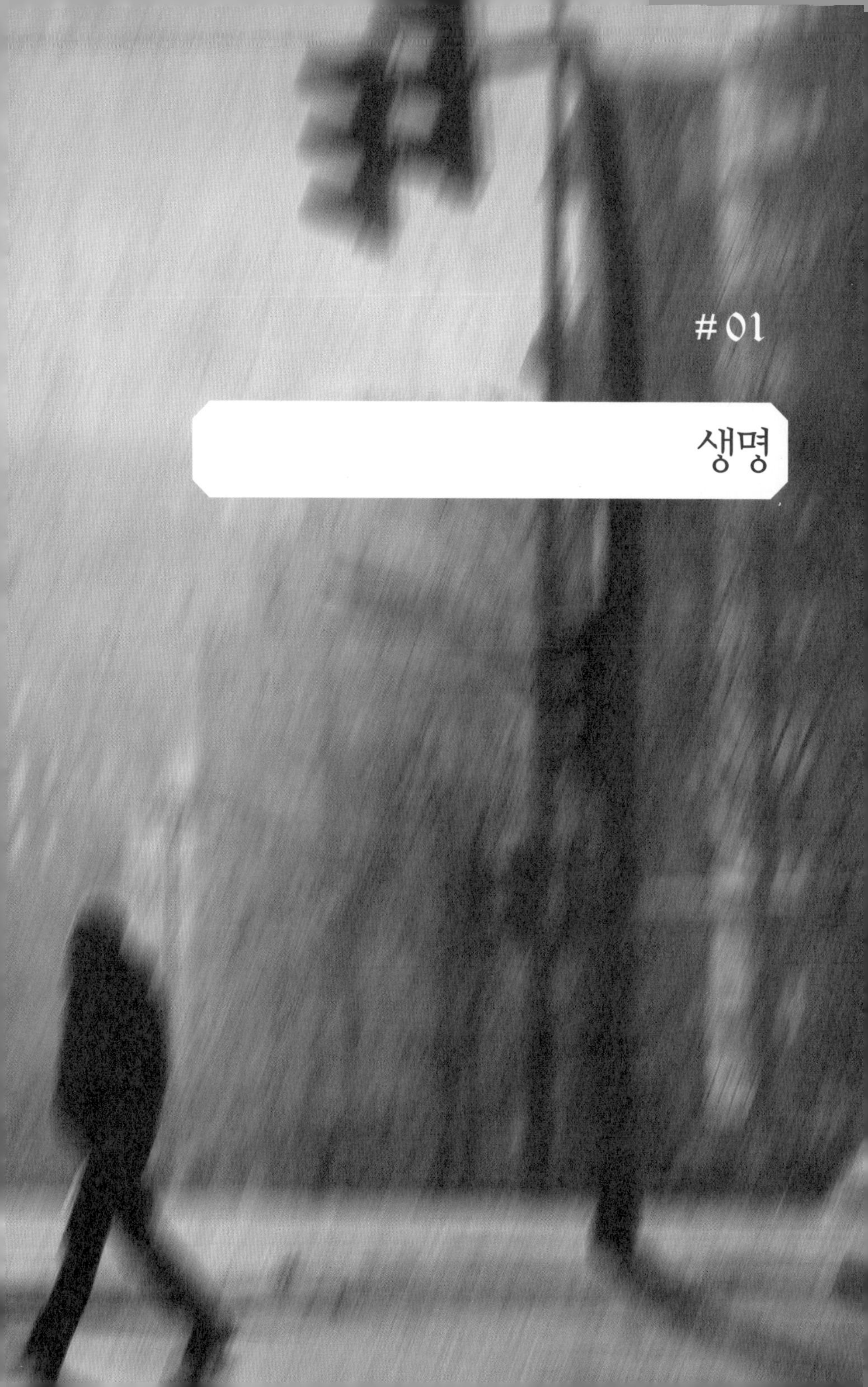

#01

생명

일의 첫 단추는 생각의 우선순위 정하기

여기 물레방앗간이 유일한 생계 수단인 한 사나이가 있다. 할아버지 때부터 삼대를 걸쳐 물레방앗간을 해왔기 때문에 그는 곡식을 잘 찧기 위해서는 물레방아를 어떻게 다루어야 하는지 대물린 기술을 통해 잘 안다. 하지만 기계학에 대해서는 아는 바가 전혀 없다. 그럼에도 그는 제분기의 각 부분을 조정하는 것은 물론이고 기계 다루는 솜씨도 노련해서 곡식을 제대로 빻았고, 그 벌이로 생활을 꾸려나갔다.

그러던 어느 날, 우연한 일로 사나이는 제분기의 원리와 구조에 대해 알고 싶은 마음이 생겼다. 그래서 그는 기계에 관해서 사람들에게 이것저것 물어보고, 막연한 설명을 듣기도 했다. 그러다가 기계가 빙빙 돌아가는 근원이 어디에 있는가를 생각하고 그것에 대해 관찰하기 시작했다. 밀을 넣은 깔때기에서 절구통으로, 절구통에서 축으로, 축에서 방아 바퀴로, 방아 바퀴에서 둑으로, 강으로, 이렇게 근원을 찾아간 결과 모든 것이 둑과 강에서 비롯된다는 것을 확실히 알게 되었다. 그는 자신의 이러한 발견이 매우 기뻤다. 그래서 그는 이제까지 해온 일, 즉 빻아 나오는 가루의 질을 비교하면서 절구를 올리고 내리는 일, 절구통을 닦거나 방아 바퀴 피대를 팽팽하게 또는 느슨하게 하는 일 대신 강을 연구했다.

주인이 방앗간에 신경을 쓰지 않으니 방앗간은 곧 엉망이 되었다. 그러자 세상 사람들은 그에게 생각을 잘못하고 있다고 한마디씩 말했다. 그러나 그는 그런 충고에는 귀도 기울이지 않고 계속 강 연구에만 몰두했다. 너무 오랫동안 강 연구에 매달린 탓일까? 그는 자신의 그릇된 생각을 지적하는 사람들과 열띤 논쟁을 벌이다가 강이 물레방앗간 그 자체라고 확신하기에 이르렀다.

자신의 생각이 잘못되었음을 지적하는 사람들에게 물레방앗간 주인은 이렇게 대답할 것이다. "어떠한 물레방아도 물 없이는 곡식을 빻을 수 없다. 물레방아를 알자면 물을 대는 방법을 알아야 하고, 그 흐름의 힘과 그것이 어디에서 오는가를 알아야 한다"라고. 물레방아를 알려면 먼저 강에 대해 알 필요가 있다는 것이다.

논리적으로 방앗간 주인의 생각을 반박하기는 어렵다. 방앗간 주인을 망상에서 벗어나게 할 유일한 방법은 이론 자체보다는 생각의 우선순위를 깨닫게 하는 데 있다. 그것은 다름이 아니라 만사를 생각할 때 중요한 것은 '생각한다'는 그 자체가 아니라 생각의 순서라는 점, 즉 무엇을 먼저 생각하고 무엇을 나중에 생각해야 하는지를 정하는 것이 중요하다는 것을 깨닫게 하는 것이다. 이 점을 놓친다면 아무리 생각한들 소용없다는 것을 그에게 알려주어야 한다.

합리적 활동이 비합리적 활동에 비해서 나은 이유는, 합리적 활동은 대상의 중요성에 비추어서 순서를 배열하기 때문이다. 어떤 생각을 첫 번째로 해야 하고, 무엇이 두 번째, 세 번째……, 열 번째여야 하는가를 알려주어야 한다. 또 우선순위는 정하기보다는 생각하는 대상의 목적에 따라 정해야 한다는 것도 아울러 설명해줄 필요가 있다. 이에 비해 비합리적 활동에는 순서가 따로 없다.

모든 생각은 각각의 생각이 이치에 맞도록 순차적으로 배열되어야 한다. 따라서 모든 생각의 공통되는 목적과 관련이 없는 이론은 아무리 논리적이라 하더라도 어딘지 모르게 분별력이 결여된 데가 있게 마련이다.

물레방앗간 주인의 목적은 좋은 가루를 빻는 데 있다. 그리고 이 목적을 물레방앗간 주인이 잊지 않는 한, 절구나 바퀴나 둑이나 강에 관한 생각에 명확한 순서와 배열이 결정될 것이다. 생각이 이러한 목적과 관계가 없다면 물레방앗간 주인의 생각이 아무리 훌륭하고 논리적이라 할지라도 근본적으로는 잘못된 것이고, 무의미하다. 고골의 작품 「죽은 혼」에 등장하는 키파 모키예비치의 생각, 코끼리가 새처럼 알 속에서 생겨 나온다면 코끼리 알의 껍데기는 얼마만큼 두꺼워야 하는가를 궁리하는 것과 다를 바 없다. 생명에 관한 현대과학의 논리도 이와 같다고 생각한다.

인생은 이 사나이가 연구하려던 물레방아와 같다. 물레방아는 가루를 잘 빻기 위해서 필요하고, 인생은 행복한 삶을 살기 위해서 필요하다. 그러므로 인간은 자기가 추구하는 이 목적을 망각한다면 반드시 벌을 받고 말 것이다. 이 목적을 한순간이라도 내팽개친다면 그의 사상은 정당성을 잃을 것이다. 그리고 코끼리 알을 깨는 데 어느 정도의 화약이 필요할 것인가를 궁금해하는 키파 모키예비치의 사고방식과 조금도 다를 바가 없을 것이다.

사람은 더 좋은 삶을 살기 위해서 깊이 연구한다. 지식의 길에서 인류의 진보를 이끌었던 사람들은 이런 태도로 인생을 연구해왔다. 이러한 인류의 참된 스승이나 은인들이 있는 반면, 사색의 목적을 제쳐두고 생명은 무엇에서 생겨났는가, 물레방아는 왜 돌아가는가 라는 문제를 놓고 연구하고 분석하는 사람들이 어느 시대에나 있었고 지금도 있다. 어떤 사람은 물 때문이라 주장하고 어떤 사람은 기계의 구조 때문이라 주장한다. 논쟁이 점점 격렬해지고 나중에는 논쟁의 핵심에서 벗어나 마침내는 전혀 관계없는 주제로 바뀌고 만다.

생명은 어디서 비롯되는가

유대인과 기독교인의 논쟁에 관한 아주 오래된 농담이 있다. 유대인의 헷갈리는 질문에 기독교인이 손바닥으로 유대인의 대머리를 딱 소리가 나게 때렸다. 그러고는 재빨리 이렇게 물었다.

"지금 소리는 어디서 난 것 같소? 손바닥에서요, 아니면 대머리에서요?"

이로써 신앙에 대한 논쟁은 해결할 수 없는 새로운 문제가 되어버렸다.

오랜 옛날부터 생명의 기원에 관한 논의가 있었다.

생명은 무엇에서 발생하는가? 비물질적인 것에서 비롯되는가, 아니면 각기 다른 여러 물질의 결합으로 인하는가? 이러한 논의는 오늘날에도 여전히 계속되고 있는 것으로 보아 언제 끝날지 전혀 예측할 수 없다. 왜냐하면 논의의 목적은 제쳐놓고 그 목적과는 별개로 생명을 논의하기 때문이다. 생명은 그 본질에서 벗어나 엉뚱한 문제, 즉 생명이 어디서 비롯되는지 또는 그에 따라 생기는 것은 무엇인지 따위로 이해되었다.

오늘날에는 과학 서적뿐 아니라 사람들이 주고받는 일상 대화 속에서도 우리가 모두 알고 있는 생명에 관해서 말하지 않는다. 다시 말해 누구나 두려워하거나 싫어하는 여러 가지 고통, 원하는 즐거움과 쾌락으로 인식하는 생명에 관해서는 말하지 않는다. 특정한 물리적 법칙에 의해서 우연히 생긴 현상, 혹은 신비하고 알 수 없는 원인에서 발생한 것만을 이야기할 뿐이다.

오늘날 '생명'이라는 말은 생명의 근본적 특질, 즉 고통과 쾌락의 인식이나 선善에 대한 동경 등은 빠진 채 무슨 논쟁을 벌이는 주제로 간주되고 있다.

생명의 정의

"La vie est I'ensemble des fonctions, qui résistant à la mort.

La vie est l'ensemble des phénomènes, qui se succèdent pendant un temps limité dansun être organisé."(생명이란 죽음에 항거하는 여러 기능의 결합이다. 생명이란 유기체 내에서 한정된 시간 동안 계속해서 일어나는 여러 현상의 결합이다.)

"생명이란 일반적이면서도 연속적인 분해와 결합의 이중 작용이다."

"생명이란 활동하는 유기체이다."

"생명이란 유기물의 특수 활동이다.

"생명이란 외부에 대한 내부 관계의 순응이다."

이와 같은 모든 정의에는 반드시 따르기 마련인 부정확성이나 동어반복은 제쳐두더라도, 정의의 본질은 어느 것이나 똑같다. 즉, '생명'이라는 말을 모든 사람이 똑같이 이해하는 것으로 정의하지 않고, 생명의 현상과 생명에 따르는 특정한 과정으로 정의한다.

이러한 정의의 대부분은 생명의 형성 과정에서 결정 작용이나 생명의 발효와 부패 작용이며, 또한 선도 악도 존재하지 않는 세포의 개별적인 생존을 다룬다. 다시 말해 결정체, 원형질, 원형질의 핵, 그리고 자신과 다른 사람의 세포 속에서 일어나는 어떤 과정이 자기 내부에서 행복을 바라는 욕망과 밀접하게 결부되어 있는 것과 같은 말로 불린다.

생명의 어떤 상태를 마치 생명 그 자체인 것처럼 논의하는 것은, 강을 물레방아라고 말하는 것과 다를 바가 없다. 그런 논의도 어떤 목적을 위해서는 매우 필요할지도 모른다. 하지만 그들이 연구하고자 하는 주제와는 전혀 동떨어진 것으로, 여기서 끌어낸 인생에 관한 모든 결론은 허망하기 그지없다.

누구나 똑같이 받아들여야 할 말, 생명

'생명'이라는 말은 극히 간단명료해서 누구든지 그 의미를 이해한다. 모든 사람이 그 뜻을 이해하고 있으므로 우리는 항상 모든 사람이 이해하는 의미로써 이 말을 써야 한다. 왜냐하면 만인이 생명이라는 말을 이해하는 것은 다른 용어나 관념으로 매우 적절하고도 명확하게 정의되기 때문이 아니라, 오히려 이 말이 다른 많은 개념을 낳는 단순하고 기본적인 개념이기 때문이다.

이 관념에서 어떤 추론을 이끌어내기 위해서는 무엇보다 먼저 이 관념을 그 누구에게나 이의 없이 받아들여지는 중심적인 뜻으로 채택해야 한다. 그런데 이같이 중요한 일이 생명을 논하는 사람들한테는 소홀히 다루어지는 것 같다. 처음부터 생명이라는 기본 개념을 파악하지 못하고 받아들이지 못했기 때문에 논쟁이 계속될수록 점점 그 기본 개념에서 벗어나 마침내 그 기본 뜻을 상실한 채 전혀 다른 의미로 쓰고 있다. 처음에 그리고자 한 형상의 중심이 다른 중심점으로 이동해버리고 만 것이다.

세포와 인생

사람들은 생명이 세포 속에 있는지, 원형질에 있는지, 혹은 더 하등한 무기물 속에 있는지 따위에 대해 자주 논쟁한다. 그러나 논쟁을 벌이기 전에 먼저 세포에 생명을 포함시킬 권리가 우리에게 있는가, 없는가를 살펴볼 필요가 있다.

이를테면 흔히들 생명은 세포 속에 있다, 세포는 살아 있다고 말한다. 그러나 인생이라는 기본 관념과 한 세포 속에서 발견되는 생명의 관념은 전혀 다를 뿐만 아니라 서로 일치하지도 않는다. 한쪽의 관념은 다른 쪽의 관념을 배격한다. 나 역시 육체가 세포로 구성되어 있다는 것을 인정한다. 이들 세포는 나와 같은 생명의 본질을 가지며, 나와 같은 생물이라는 것도 익히 알고 있다. 그러나 내가 살아 있다고 인정하는 것은, 나 자신이 많은 세포로 구성되어 있으며 더 나눌 수 없는 완전한 존재임을 의식하기 때문이다. 나라는 사람도 살아 있는 세포로 구성되어 있다. 그렇다면 대체 내 생명의 본질을 어디에 두어야 하는가? 세포인가, 아니면 나 자신인가?

만일 세포가 생명을 가진 것이라고 인정한다면, 생명의 관념에서 중요한 증거, 즉 자신을 하나의 생물로 보는 의식을 제거해버리지 않으면 안 된다. 그러나 만약 내가 나를 독립된 한 개의 존재로서 생명이 있음을 인정한다면, 나는 내 몸을 형성하고 있지만 그 의식까지는 알지 못하는 세포에게 나와 같은 생명의 본질을 귀속시킬 수 없음도 역시 분명한 사실이다.

내가 살아 있고 내 몸속에 세포라고 불리는 생명 없는 분자가 존재하는 것인가, 아니면 나라는 존재는 생명이 있는 세포의 집합체에 불과하고 나의 생명은 생명이 아니라 환영에 지나지 않는 것인가?

우리는 세포 속에 '포말'이라고 부르는 물질이 있다고 말하지 않고, '생명'이 있다고 하지 않는가? 그런데 우리가 생명이라고 말하는 것은, '생명'이라는 말로써 우리는 알 수 없는 X로서가 아니라 아주 한정된 범위, 즉 우리가 알고 있고 우리와 나눌 수 없는 유일한 육체를 지닌 자기라는 의식으로서 이해하기 때문이다. 따라서 이 관념은 육체를 구성하고 있는 세포에게는 적합하지 않은 것이다.

생명의 기원과 관념

어떠한 연구나 관찰을 하더라도 그 관찰한 것을 표현하기 위해서 사용하는 용어 하나하나는, 모든 사람이 다 같이 이해할 수 있는 것이어야 한다. 자기만 이해하고 다른 사람이 알고 있는 기본 관념과는 도저히 일치시키기 어려운 것이어서는 안 된다. 만일 '생명'이라는 용어가 마치 세포와 세포로 이루어진 동물의 경우와 같이 어떤 생명체의 본질과 그것을 구성하는 부분의 성질에도 아무런 구별 없이 사용할 수 있다면, 다른 용어도 마찬가지로 그렇게 써도 무방하다는 이야기가 된다. 예컨대 모든 사상은 언어에서 나오고, 언어는 개개의 문자에서, 문자는 선線에서 나오는 것이기 때문에 선을 긋는 것은 곧 관념과 같고, 따라서 선은 관념이라고 해도 무방하다는 의미가 된다.

오늘날 과학계에서는 생명의 기원을 물리적인 힘, 기계적인 힘의 작용에서 찾는다는 설명을 흔하게 접한다. 그리고 무엇이라고 불러야 할지 곤란하지만 과학자 대다수가 의견이면서도 의견이 아니고 역설이면서도 역설이 아닌, 말하자면 하찮은 농담이나 수수께끼에 지나지 않는 것을 고집하는 데 열을 올리고 있다.

그들은 생명이 물리적 힘과 기계적 힘의 작용에서 생긴 것이라고 단정한다. 우리가 생명이라는 관념에 대입해서만 물리적, 기계적이라고 불러온 것에서 이제 생명이 그 물리적 힘의 작용에서 발생하는 것으로 인정한다.

엉뚱하게도 아무런 관련이 없는 관념으로 오용돼버린 생명이라는 말은 본래의 뜻에서 멀어져, 나중에는 중심이 되는 의미에서 완전히 벗어나 우리가 생각하기에 생명 같은 것이 전혀 없는 데에 생명이 있는 것처럼 가정하기에 이르렀다. 이것은 원둘레의 바깥에 중심이 있는 원이나 구球가 있다고 가정하는 것과 다를 바 없다.

실제로 나에게는 악에 대항하여 선으로 향하는 과정이 아니고서는 상상할 수 없는 생명이, 선이나 악을 구별하지 못하는 영역에서 발생하고 있다. 분명히 생명이라는 개념의 중심이 완전히 뒤바뀐 것이다. 그뿐만 아니라 생명이라고 불리는 그 무엇인가를 연구한 내용을 살펴보았을 때, 이와 같은 연구에 내가 아는 어떤 개념도 거의 언급되지 않았음을 알았다. 여러 새로운 관념이나 용어를 보더라도 과학적 용어로서는 각각 관용적인 뜻을 지니고 있으나 실제 여러 관념과는 아무런 공통점도 없다.

내가 알고 있는 생명의 관념은 모든 사람이 이해하는 것과는 다르게 해석되고, 또 거기서 나온 개념들도 일반적인 해석과 일치하지 않는다. 거기에 상응하는 용어가 연구되어야 하는데 새로운 조건의 독단적인 관념으로 나타나고 있다.

소통하기 위해서는 누구나 이해 가능한 언어를 사용해야

과학적 연구가 점차 늘면서 우리의 언어에 여러 가지 사물이나 관념을 표현하는 일반적인 말 대신에 과학 용어가 늘고 있다. 과학 용어가 일상용어와 다른 점은, 일상용어는 일반적인 말로 존재하는 사물과 관념을 나타내는 데 반해 과학 용어는 존재하지 않는 말로 존재하지 않는 관념을 나타낸다는 데 있다.

사람들 사이에 정신적 소통의 유일한 수단은 언어다. 이 소통을 가능하게 하기 위해서는 말할 때 모든 사람에게 적합하고 정확한 관념을 틀림없이 전달하도록 해야 한다. 만일 우리가 입에서 나오는 대로 분별없이 말하거나 그것에 제멋대로 뜻을 부여하여 함부로 말을 사용해도 좋다고 한다면, 차라리 입을 닫고 모든 일을 기호로써 표시하여 의사소통을 하는 편이 나을 것이다.

우주의 법칙을 정의하기 위한 여러 방법

나 역시도 실험과 관찰을 무시하고 이성의 결론만으로 우주의 법칙을 정의하는 것이 비과학적인 방법이라는 것, 즉 참된 지식을 줄 수 있는 방법이 아니라는 것에는 동의한다. 그러나 실험이나 관찰만으로 세계의 모든 현상을 연구한다면, 사람들에게 공통되는 기본적인 관념이 아니라 조건이 달린 개념으로 추론되고 그 실험의 결과를 여러 가지 뜻으로 해석할 수 있는 말로 기술한다면, 그것이 더 혼란스러운 일이 아닐까? 아무리 우수한 약제사가 있는 약국이라도 약병의 라벨을 내용물에 따라 붙이지 않고 약제사 멋대로 붙인다면 그 해악은 이루 말할 수 없이 클 것이다.

사람들은 내게 이렇게 말할지도 모른다. "과학은 인생의 총화(의지, 행복에 대한 욕구, 정신세계를 포함하여)를 연구하는 것이 아니다. 그보다는 생명이라는 개념에서 실험적 연구에 적합한 현상을 추출하는 것만이 과학의 사명이다"라고.

물론 올바르게만 된다면 아주 합당할 것이다. 그러나 오늘날 과학자들은 결코 그처럼 이해하지 않는다. 생명이라는 관념이 모든 사람이 이해하는 의미로 인정되고, 과학을 외적 관찰에 속하는 분야에서 현상을 정밀히 검토하는 일로 분명히 한정한다면, 그것은 훌륭한 일임에 틀림없다. 또 그렇게 될 경우 과학이 차지하는 위치나 우리가 과학을 토대로 도달해야 할 결과도 전혀 다른 것이 될 것이다. 그렇지만 우리는 사실을 있는 그대로 말해야 한다. 알고 있는 것을 감춰서도 안 된다. 우리는 생명을 연구하는 과학자 대다수가 단순히 생명의 일면만을 연구하는 것이 아니라 생명 전체를 연구하는 사람임을 알아야 할 것이다.

과학자와 미신

천문학 · 기계학 · 물리학 · 화학 및 기타 일반 과학은 제각기 속하는 영역에서 생명의 특정 면만을 다룰 뿐 생명 전반에 대해서는 아무런 결론도 내리지 못하고 있다. 아직 자기 영역이 뚜렷하지 않고 한계가 정해지지 않았던 미개 시대에는 생명의 모든 현상을 자기 처지에서 파악하고자 시도한 결과 새로운 개념과 용어를 만들어냄으로써 큰 혼란을 가져왔다. 천문학이 점성술에 불과하고, 화학이 연금술에 불과하던 시대에 그러한 사태가 일어났다. 그런데 오늘날에도 그와 같은 일이 실험적 진화론에서 생기고 있다. 이 과학은 생명의 한 면이나 몇 가지 면을 살펴볼 뿐이면서도 그것을 생명 전체의 연구라고 주장한다.

과학에 대하여 그릇된 견해를 품고 있는 과학자들은 자신들의 연구가 생명의 어떤 측면에 한정되어 있다는 점을 결코 인정하지 않고 생명의 모든 현상을 외적 실험으로 알 수 있다고 주장한다.

"만약 정신과학(그들은 이 같은 모호한 말을 즐겨 쓴다)이 아직 우리에게 잘 알려져 있지 않더라도 언젠가는 알 때가 올 것이다. 생명현상의 한 면, 혹은 몇 가지 면을 알아봄으로써 우리는 모든 면을 알게 될 것이다. 바꾸어 말하면 만일 아주 오랫동안 열심히 어떤 사물을 관찰한다면 우리는 그 사물의 모든 면에서, 아니 내면까지도 알 수 있게 될 것이다."

미신적 광신으로밖에 설명할 수 없는 이런 기괴한 학설은 실제로 존재하고, 온갖 미개한 광신적인 교리와 마찬가지로 인간의 사상적 활동을 그릇된 길로 이끌면서 파괴적인 영향을 끼치고 있다. 양심적인 노력가도 그 생애를 거의 아무 필요도 없는 연구에 몰두하다가 사라지며, 사람들의 육체적 힘도 헛된 일에 낭비된다. 그리고 젊은 세대들도 키파 모키예비치처럼 아주 쓸데없는 일을 하다가 자멸해 버리는 것이다.

생명을 연구하기에 앞서
우선되어야 할 생명에 관한 이해

흔히 과학은 온갖 방면에서 생명을 연구한다고 말한다. 그런데 문제는 바로 여기에 있다. 하나의 구체球體에 무수한 반지름이 있는 것처럼 모든 사물에는 무수한 측면이 있어서 모든 면을 연구하기란 불가능하다. 사물의 탐구에 있어서는 무엇보다 어느 면에서부터 하는 것이 더 중요하고 또 필요한지, 어느 면에서부터 하는 것이 그다지 중요하지 않고 불필요한지를 알아야 한다. 어떤 사물의 모든 면을 동시에 접근할 수 없는 것과 마찬가지로 생명현상에서도 모든 면을 동시에 연구할 수는 없다. 그러므로 순서를 정해야 한다. 바로 여기에 문제의 어려움이 있다. 이 순서는 생명에 관한 이해를 통해서만 정할 수 있기 때문이다.

오직 생명에 대한 올바른 이해만이 일반 과학에 대해, 특히 개개의 특정 과학에 대해 올바른 의의와 방향을 부여한다. 그뿐만 아니라 생명에 관한 연구를 각 영역에서 경주하고, 그에 따라서 과학을 분류한다. 그러므로 모든 사람이 납득할 수 있는 생명에 대한 이해가 아니라면 과학은 그 자체로 거짓이 될 것이다.

우리가 과학이라고 부르는 것이 생명을 정의 내리는 것이 아니고 우리의 인생관이 과학이라고 인정할 만한 것을 정의한다. 따라서 과학이 과학으로 되기 위해서는 우선 무엇이 과학이고 무엇이 과학이 아닌가라는 문제를 해결해야 한다. 그러기 위해서는 먼저 생명에 관한 견해를 분명히 해야 한다.

나는 여기에서 모든 생각을 솔직히 털어놓으려 한다. 우리는 모두 거짓된 실험과학의 신념이 근본적으로 독단임을 알고 있다.

실험과학의 정당성을 입증하려는 욕망

물질과 그 에너지가 존재한다. 에너지는 운동하며, 기계적 운동은 분자운동으로 변하여 열 · 전기 · 신경 · 대뇌 활동 등으로 나타난다. 그리고 모든 생명현상은 예외 없이 에너지의 상관관계에 의해서 설명된다. 과학적으로 볼 때 이러한 것은 모두 완벽하고 단순하고 명료하며 편리하다. 만일 우리가 이렇듯 절실하게 바라는데도 우리의 생활을 단순화해주는 것이 없다고 한다면, 우리는 어떠한 형태로든지 그것을 생각해내지 않으면 안 된다.

여기서 내 견해를 실토하자면, 실험과학 활동의 에너지와 정열 대부분은 이처럼 편리한 관념을 확증하는 데 필요한 것을 생각해내고자 하는 욕망에 지나지 않는다. 과학의 이러한 활동에는 생명의 모든 현상을 연구하고자 하는 욕구보다는 그 근본적인 독단의 정당성을 입증하려는, 끊임없는 욕망이 두드러져 보인다.

무기물에서 유기물이 발생하고 유기체의 작용에 따라 정신 활동이 생긴다는 것을 설명하려는 시도에 얼마나 많은 힘이 낭비되고 있는가. 무기물은 유기물로 변화하지 않는다. 바다 밑바닥을 찾아보라. 그곳에서 핵이라고 부르는, 원생동물을 발견하는 정도일 것이다.

그러나 거기에 그것이 없을지라도 우리는 언젠가는 발견되리라 믿을 것이다. 하물며 몇 세기의 수많은 세월을 그 일에 투자하고, 신념이 요구하는 것이라면 현실적으로는 존재하지 않더라도 모든 것을 그 세월 속에 떠맡길 수 있기 때문에 더욱 믿을 것이다.

유기물의 활동이 정신적 활동에서 비롯되었다는 것도 마찬가지다. 우리는 아직 그런 현상을 포착하고 있지 않다. 그러나 반드시 그러할 것이라고 믿고, 그 가능성만이라도 증명하고자 모든 정신적 노력을 쏟고 있다.

오래전부터 생명의 기원에 관한 의문은 여러 갑론을박을 낳았다. 그것은 애니미즘이든 바이털리즘이든, 또는 다른 상상적 힘의 해석이든 이른바 인간에게서 인생의 중요한 문제(이것이 없으면 인생에 대한 관념이 아무런 의미도 갖지 않는 문제), 즉 생명의 관념을 은폐해버렸다. 그리고 점차로 사람들을 지도해야 할 과학자들은 서둘러 자기가

갈 길을 갔다. 하지만 자기가 도대체 어디로 가고 있는지도 모르면서도 다른 사람들까지 그 길로 끌어들여 버린 것이다.

지극히 간단한 문제로 바라보면

어쩌면 나는 과학이 현재 점차로 올리고 있는 엄청난 성과를 일부러 무시하고 있는지도 모른다. 하지만 어떠한 성과라 할지라도 잘못된 방향까지 바로잡을 수는 없다. 예를 들어 불가능한 일이 가능한 일이 되었다고 가정해보자. 즉, 현대과학이 단정하는 모든 것(과학 자체도 믿고 있지 않지만)이 모조리 밝혀지고 백일하에 드러났다고 하자. 어떻게 해서 무기물에서 유기물이 생겨나는지, 어떻게 해서 물리적 에너지가 감정, 의지, 사상으로 변화하는지도 분명히 드러났다. 이러한 것들은 중학생뿐 아니라 초등학생까지도 알 수 있는 일이라고 보자.

나로서도 이러이러한 사상과 감정은 이러이러한 운동에서 생기는 것이라고는 알고 있다. 그래서 그것이 어떻단 말인가? 도대체 나는 이 사상이든 저 사상이든, 사상을 내 마음속에 환기하는 일이 가능하단 말인가, 가능하지 않단 말인가? 또 왜 어떤 사상이나 감정을 나 자신이나 다른 사람의 마음속에 일으켜야만 하는가? 이런 의문들은 풀리지 않을뿐더러 손도 대지 못한 채 그대로 남아 있다.

나는 과학자들이 이 문제의 답을 내는 데 아무런 어려움도 느끼지 않으리라 믿고 있다. 과학자들은 이 문제를 지극히 간단한 것이라고 여긴다. 그것은 아무리 어려운 문제의 해결이라도 그것을 이해하지 못하는 사람에게는 항상 간단하게 생각되는 것과 마찬가지다. 인생을 어떻게 정의할 것인가 하는 문제도 인생이 우리의 힘이 미치는 곳에 있는 한, 과학자들은 매우 쉽게 생각할 것이다.

장차 우리가 필요로 할 것들을 채워줄 과학

과학자들은 이렇게 말한다.

"인생은 사람들 제각각의 필요를 충족시킬 수 있어야 한다. 과학은 그 방법을 알려준다. 무엇보다도 인류의 필요를 올바르게 파악하고, 그들의 필요가 즉시 충족되도록 쉽게 생산할 수 있는 여러 방법을 고안해내는 것이다. 그 결과 인류는 행복하게 될 것이다."

그렇다면 인류에게 필요한 것이 무엇이며 그 필요의 한도는 어디까지인가 하고 물을 때, 이에 대해서도 과학자들은 명쾌하게 대답한다.

"과학은 인간의 욕구를 육체적 욕구, 지적 욕구, 미적 욕구 및 도덕적 욕구까지 분류해서 어떠한 욕구가 어느 정도까지 정당하고, 어느 욕구가 어느 정도까지 정당하지 않은가를 분명하게 결정하기 위해 존재한다."

과학은 차츰 이런 것까지 정할 것이다. 만일 어떤 사람이 정당한 욕구와 그렇지 않은 욕구를 정하는 데 무엇이 기준이 되느냐고 묻는다면 과학자들은 주저하지 않고 "그 여러 욕구를 연구함으로써"

라고 대답할 것이다. 그러나 욕구라는 말의 뜻은 두 가지밖에 없다. 하나는 생존 조건이라고 할 수 있는데, 개개인의 생존 조건은 개인마다 다르므로 그 조건을 모조리 연구할 수는 없다. 또 다른 하나는 생물에 관한 행복 욕구로, 이것은 개개의 의식에 따라 인식되고 결정되는 것이므로 실험과학에 의해서 연구될 가능성은 더더욱 적다.

어쨌든 세상에는 과학에 관한 제도나 학자들의 단체 및 협회 같은 것이 있다. 여기에서 장차 우리가 필요로 하는 모든 것을 차츰 밝혀낼 것이다.

모든 문제는 과학이 메시아 역할을 맡아서 해결하고 있는 셈이다. 바꾸어 말하면 과학 협회는 메시아 왕국에 지나지 않는다. 무엇인가를 설명하기 위해서는, 유대인이 메시아를 믿는 것처럼 무조건 과학의 독단을 믿어야 한다는 결론이 나온다는 말이다. 과학의 사도使徒들은 그것을 답습하고 있다. 물론 양자 간에는 차이점이 있다. 메시아를 신의 사자使者로 보는 정통 유대교도는 메시아가 전지전능한 힘으로 모든 것을 옳게 정리해줄 것으로 믿는 데 비해, 과학의 사도들은 문제의 본질상 여러 요구의 외적 연구에 따라서 생명이라는 단 하나의 중대한 문제를 해결할 수 있다고는 믿지 않는다.

02

행복을 바라는 것이 잘못일까

사람들은 누구나 행복하기를 원한다

모든 사람은 자기를 위해, 또 자기의 행복을 위해 살아간다. 만일 자기의 행복을 바라지 않는 이가 있다면 그는 자신이 살아 있다고 느끼지 않는 사람일 것이다. 사람은 자기의 행복을 바라지 않고는 인생을 생각할 수 없다. 모든 사람에게 있어서 산다는 것은 행복을 바라고 얻으려 하는 것과 같은 의미다. 동시에 행복하기를 바라고 행복을 누리는 일은 산다는 것을 말한다.

사람은 자기 안에서만 '나'라는 개체를 통해서 생명을 의식한다. 그에게 있어서 행복이란 오로지 자기 혼자만 누리는 것이다. 자기가 우선 살아 있어야 삶이 있다고 생각한다. 다른 사람들의 인생은 자신과는 별개의 것이고, 그들은 자기와 닮은 생명을 가졌을 뿐이라고 여긴다.

사람들은 타인의 삶을 관찰하면서 자신이 살아 있음을 알 따름이다. 자신의 존재에 대해서는 잠시도 잊지 않으면서도 다른 사람의 존재는 그가 생각할 때만 알 수 있다. 이처럼 사람에게 있어 참다운 인생이란 자기의 생활뿐이다. 그를 둘러싸고 있는 다른 존재의 생활은 그가 살아가는 데 필요한 하나의 조건에 불과하다고 생각한다.

다른 사람의 행복을 기원한다는 말의 역설

우리는 다른 사람이 불행해지는 것을 원하지 않는다고 말한다. 하지만 그것은 남의 고통을 바라보면 자신이 괴롭기 때문이다. 또 다른 사람이 행복해지는 것을 바란다고는 하지만 사실 자기 행복을 바라는 것과는 전혀 다르다. 다시 말해 타인의 행복을 기원하는 것은 그를 위한 것이 아니라 그 사람의 행복이 자신의 행복을 더해주기 때문이다. 사람에게 참으로 소중하고 필요한 것은 오직 자기만이 느끼는 생명의 기쁨, 즉 자신의 행복이다.

그런데 사람은 오로지 자기의 행복을 얻고자 노력하면서도 그 행복이 다른 사람에게 좌우되기 쉽다는 것을 안다. 그래서 다른 사람을 관찰하고 연구해보면 사람뿐 아니라 동물까지도 자기와 같은 생명의 개념을 지니고 있음을 알 수 있다. 이들 존재 하나하나는 그와 마찬가지로 자기 생명이나 자기 행복만을 의식하고 자기 자신의 생명만을 중요하고 진실한 것으로 생각한다. 그리고 다른 모든 존재의 생활은 그의 행복을 위한 수단으로만 인식할 뿐이다.

쉽게 얻을 수 없을뿐더러 오히려 빼앗기게 될 행복

사람은 물론이고 무릇 살아 있는 것들은 하찮은 이익을 취하기 위해서 다른 존재의 행복이나 생명까지도 빼앗기를 서슴지 않는다. 그럴 수 있을까 싶지만 실제 의심할 수 없는 사실이기에 그만한 각오쯤은 되어 있음도 알고 있다. 생각이 여기에 미치면 사람들은 저절로 이런 상상을 하게 된다. 만일 그렇다고 한다면, 몇몇 사람이 아닌 이 세상 수많은 사람이 각자 자기 목적을 달성하기 위해서 자기 하나의 생명만이 존재한다고 여기는 또 다른 사람을 파멸시키는 것이 아닌가! 이러한 사실을 알게 되면 사람들은 자기 인생의 유일한 의미인 자신의 개인적 행복이 그저 손쉽게 얻어지는 것이 아닐뿐더러 오히려 누군가에 의해 빼앗길 수 있는 것임을 깨닫는다.

나이 들수록 확인하게 되는 것들

사람이 오래 살면 살수록 경험에 의해 더욱더 확인하게 되는 것들이 있다. 개개인이 결속되어 있고 자신도 속해 있는 이 세상에서 서로가 서로를 헐뜯고 파멸로 이끄는 삶은 결코 행복이 될 수 없을뿐더러 머지않아 큰 불행이 되리라는 것이다.

그뿐만이 아니다. 만약에 자신에게 약점이 없고 다른 사람을 상대로 훌륭하게 싸울 수 있는 유리한 조건을 가지고 있다 하더라도 이성과 경험은 다른 사실을 알려준다. 즉, 인생에서 누리는 개인의 쾌락은 진정한 행복이 아니라 행복의 유사품이며, 쾌락에 따르는 고뇌를 더욱 강하게 느끼게 하기 위해서 주어진 행복의 견본에 지나지 않는다는 것이다.

사람들은 나이가 들수록 쾌락은 차츰 줄어들고 권태와 포만과 노고와 고뇌가 늘어남을 더욱 절감한다. 그뿐만 아니라 자신의 기력이 쇠약해지고 건강이 좋지 못함을 느낀다. 또한 다른 사람의 질병과 노쇠와 죽음을 목격하면 충실한 삶의 주인으로서 살아온 자신의 존재도 시시각각 쇠약과 노쇠와 죽음의 길로 가까이 다가가고 있다는 사실을 인정하지 않을 수 없다. 또 자신이 다른 존재들로부터 끊임없이 도전받고 자칫 실패할 수 있는 수많은 사건과 그로 인해 고통을 당했던 것 말고도 생명의 유한성 때문에 죽음을 향해 다가가고 있다는 사실과 마주하게 된다. 그리고 개체로서 생명과 함께 행복의 가능성도 죽음에 차츰 다가가고 있다는 것을 인정하지 않을 수 없다.

가장 소중한 것

사람은 자신의 인격 속에서만 생명을 느끼는 자아가 싸워서는 안 될 것을 상대로 싸우고 있다는 것, 즉 전 세계를 상대로 싸우고 있다는 것, 또 행복의 유사품을 줄 뿐 으레 고통으로 끝나기 마련인 쾌락만을 추구하고 어떻게 해서든지 생명을 지속하려 한다는 것을 인정하게 된다.

사람은 자신만을 위해 행복을 바라며 생명을 추구하지만 정작 자신은 행복도 생명도 마음대로 하지 못함을 알고 있다. 자신이 얻고자 하는 것, 즉 행복과 생명은 자신이 느끼지도 못하고 느낄 수도 없는 존재, 다시 말해 그 실재를 알 수도 없고 또 알고 싶어 하지도 않는, 그와 전혀 관계가 없는 존재일 뿐이다.

자신에게 무엇보다 소중한 것, 자신에게 가장 필요한 것, 이것만이 참되게 살아 있다고 여기는 것, 개체로서의 그 자신과 죽어서 뼈만 남고 구더기가 되는 것, 이것은 사실 그 자신이 아니다. 그에게 필요하지도 않고 중요하지도 않으며, 살아 있다고 느껴지지도 않는 것이다. 언제나 끊임없이 싸우고 끊임없이 변화하는 존재물의 전 세계, 이것이야말로 참된 생명이며 영원토록 남아서 살아나갈 것이다. 따라서 인간에게 유일한 것으로 느껴지는 이 생명, 그의 모든 활동의 원동력인 생명은 어쩐지 일종의 불가능하고 애매한 것이 되고, 그의 밖에 있고 그에게는 사랑스럽지 않으며 느껴지지도 않는 하나의 알지 못할 생명이야말로 유일한 참된 생명이라는 것이 된다.

그가 느끼지 못하는 이 생명이야말로 진정 혼자서만 소유하기를 원하는 여러 가지 특성을 지니고 있다. 그리고 이것은 인간이 슬픈 기분으로 있는 나쁜 때에만 나타나는 것은 아니다. 이것은 가지지 않고도 있을 수 있는 따위의 관념이 아니라, 오히려 틀림없고 확실한 진리다. 만약 이 사상이 한 번이라도 저절로 인간의 마음에 우러나든가, 남에게서 설명을 듣든가 하면 인간은 영원히 그것으로부터 떠날 수 없으며 그 무엇으로서도 인간의 의식으로부터 몰아낼 수 없을 정도의 것이 된다.

인생의 내적 모순

혼자만 행복한 인생은 없다

오랜 옛날부터 인류는 인생의 모순을 인정해왔다. 인류의 개척자들은 이 내적 모순을 해결할 인생의 진리를 사람들에게 계시啓示했으나, 위선자나 학자들은 인생의 진리를 사람들 눈에서 감추는 데 급급했다.

사람에게 인생의 유일한 목적은 자기 자신의 행복이다. 그러나 개인에게 행복 따위는 있을 수 없다. 만약 인생에 행복 비슷한 것이 있다고 하더라도, 개인만 행복할 수 있는 인생은 시시각각 고통으로, 해악으로, 죽음으로, 파멸의 구렁텅이로 어쩔 수 없이 끌려가게 마련이다. 이는 분별력 있는 사람이라면, 젊거나 늙었거나 혹은 유식하거나 무식하거나를 가릴 것 없이 누구나 다 이해할 수 있을 만큼 쉽고 분명한 일이다. 이것은 아주 간단하고 자연스러운 것이므로 분별력 있는 사람이라면 누구나 다 생각할 수 있으며, 또 아득한 옛날부터 인류가 알고 있었다.

인간의 내적 모순을 강조했던 현자들

"서로 파멸로 몰아넣거나 스스로 파멸해가는 획일적인 무수한 자아 속에서, 자기 혼자만 행복하기를 원하는 개인에게 산다는 것은 불행하고 무의미하다. 진정한 생활은 이럴 리 없다."

인도 · 중국 · 이집트 · 그리스 · 유대의 현인들도 인간 생활의 내적 모순을 강력하고 분명하게 강조했다. 그리고 저 아득한 옛날부터 인간의 이성은 생존경쟁이나 고통, 죽음으로 인해 사라지지 않는 인류의 행복을 찾으려고 끊임없이 노력해왔다. 유사 이래 인간의 끊임없는 진보는 경쟁이나 고통이나 죽음 등으로 인해 없어지지 않는 인간의 행복을 밝히는 데 있었다.

아득한 옛날부터 수많은 나라의 민족 사이에서 인류의 위대한 스승들은 사람들에게 인생의 내적 모순을 해결해주고, 인류에게 합당한 참된 행복과 참된 인생이 무엇인가를 가르쳐왔다. 하지만 이 세상에서 모든 사람의 입장은 동일하고, 따라서 개인적 행복을 구하는 마음과 불가능을 아는 의식 사이에 존재하는 모순 역시 동일하다. 그렇기 때문에 인류의 위대한 스승들이 사람들에게 가르쳐 알려주는 참된 행복, 나아가서 진정한 인생의 모든 정의도 본질적으로는 동일한 것이어야 한다.

인류의 스승들이 내린 인생의 여러 정의

"인생이란 인류의 행복을 위해 하늘에서 사람들 속에 내려온 빛이 널리 골고루 퍼지는 것이다"라고 기원전 6세기에 공자는 말했다.

"인생이란 끊임없이 더욱 큰 행복에 이르고자 하는 영혼의 순례이며 완성이다"라고 공자와 같은 시대의 브라만교도들은 말했다.

"인생이란 행복한 열반에 이르기 위한 자기부정이다"라고 역시 공자와 같은 시대의 석가모니가 말했다.

"인생이란 행복해지기 위한 온량겸허溫良謙虛의 도道다"라고 공자와 같은 시대의 사람이었던 노자가 말했다.

"인생이란 신의 법칙을 지키면서 행복할 수 있도록 신이 인간의 콧구멍 속에 불어 넣은 생명의 입김이다"라고 유대의 어느 현인은 말했다.

"인생이란 인간에게 행복을 주는 이성에 따르는 일이다"라고 스토아학파 사람들은 말했다.

"인생이란 인간을 행복하게 하는 사랑, 신과 이웃에 대한 사랑이다"라고 예수는 모든 현인의 가르침을 한데 묶어서 말했다.

옛날부터 오늘에 이르는 수천 년 동안, 인류의 스승들은 우리에게 불가능하고 그릇된 개인의 행복 대신에 깨뜨릴 수 없는 참된 행복을 설파해왔다. 인간 생활의 모순을 해결하고 합의적인 의의를 부여한 인생의 정의는 모두 이와 같다. 이러한 인생의 정의는 동의하지 않을 수도 있고, 반대로 더욱더 정확하고 분명하게 표현할 수도 있다. 그러나 이러한 정의가 인생의 모순을 제거하고, 자기 혼자의 힘으로는 도저히 잡을 수 없는 행복을 구하는 대신에 다른 행복, 즉 고통이나 죽음으로도 깨지지 않는 또 다른 행복의 길을 보여줌으로써 인생에 합리적인 의의를 부여한 사실을 그 누구도 부정할 수 없다. 이러한 정의는 이론적으로 옳을 뿐 아니라 인생의 경험을 통해서 확인된 것이다. 이 인생의 정의를 받아들인 수백만, 수천만의 사람이 실제로 자신의 행복을 구하는 대신 고통이나 죽음으로도 깨지지 않는 행복을 추구해왔으며 현재에도 추구하고 있음을 인정하지 않을 수 없다.

남을 가르치려 드는 사람들

인류의 위대한 선각자들이 내린 인생의 정의를 이해하고 그 가르침에 따라 살아간 사람이 있는가 하면 그러지 못한 사람들도 있었다. 그들은 일생의 어느 기간, 때로는 전 생애를 통해 오로지 동물적인 생활로 일관되게 사는 데 그쳤다. 인간 생활의 모순을 알거나 해결하려는 데 도움이 되는 정의를 이해하지 못할뿐더러, 그들이 해결하는 인생의 모순마저도 모른 채 생활하는 사람들이 언제나 있었고 지금도 여전히 많다. 이러한 사람들 중에는 외적 지위를 빙자해서 자기가 인류의 지도자인 양 착각하고, 인간 생활의 의미도 알지 못하는 주제에 남에게 인생을 가르치면서 인간 생활을 개인적인 것으로만 생각하는 무리도 적지 않다.

사이비 교사들

사이비 스승은 지나간 시대에도 존재했으며 물론 지금도 어디서나 만날 수 있다. 그들 중 어떤 사람은 인류의 위대한 선각자들의 가르침을 전파했지만 정작 자신들은 그 가르침의 진정한 의미를 이해하지 못했다. 그들은 위대한 선각자들의 가르침을 인류의 과거와 미래 생활에 관한 초자연적 계시로 내세우고 그저 형식적 의식의 실행만을 요구했다. 이것은 극히 넓은 의미에서의 바리새인, 즉 인생은 원래 불합리한 것이지만 형식적 의례의 실행으로 얻어지는 내세의 신앙만 지니고 있으면 얼마든지 메워나갈 수 있다고 가르치는 자들의 교의에 불과했다.

어떤 사람들은 눈에 보이는 것 이외에는 인생의 모든 가능성을 인정하지 않는다. 그들은 모든 기적과 초자연적인 현상을 부정하면서 인생은 출생에서 죽음에 이르는 동물적 생존에 지나지 않는 것이라고 서슴지 않고 단정한다. 일부 학자는 동물로서 인간 생활에는 좀처럼 불합리한 것이 없다고 가르치고 있다.

사이비 스승들의 가르침은 인간 생활의 근본적인 모순에 대한 몰이해를 바탕으로 삼고 있음에도 언제나 서로 논쟁을 일삼아 왔다. 또한 지금도 논쟁의 세계를 지배하며, 서로 적의를 품은 채 그들의 쟁론으로 세계를 떠들썩하게 한다. 그들은 이런 쟁론을 내세움으로써 이미 수천 년 전에 인류에게 부여된, 참된 행복에 이르는 길을 계시하는 인생의 정의를 사람들이 볼 수 없도록 철저히 가리고 있다.

진실을 왜곡하여 생긴 딜레마

사이비 교사들은 인류의 스승들이 내린 인생의 정의를 이해하지 못한 채 내세에 관한 모든 가르침을 부정해버린다. 이와 동시에 인류의 다른 선각자들이 제시한 인생의 정의를 모든 사람이 알 수 없도록 가르침을 멋대로 변형해서 소개한다. 그뿐만 아니라 자기들 멋대로 해석한 교의를 절대적 권위가 있는 것처럼 가르친다. 인류의 다른 선각자들이 내린 인생의 온갖 정의가 가지는 일관성도 교의의 진실성을 입증할 만한 좋은 증거라고는 보지 않는다. 왜냐하면 일관성을 인정하면 자신들이 제멋대로 해석해놓은 교의가 불합리하다는 사실을 인정하는 것이 되는 만큼 자신들의 신뢰가 한꺼번에 뒤집어질 수 있기 때문이다.

한편 일부 학자는 사이비 교사의 가르침의 근원을 전혀 생각해보려고 하지 않고, 내세에 관한 일체의 교의를 부정한다. 게다가 대담하게도 이 가르침을 아무 근거도 없는 무지한 시대의 조잡한 습관의 잔재에 불과하다고 단정한다. 또 인간의 동물적 존재 영역을 초월해서는 어떠한 인생 문제도 인간에게 부과하지 않으며, 인류의 진보를 기대할 수 없다고 단언하기를 서슴지 않는다.

04

천 개의 진리, 천 개의 종교

인류 스승들의 가르침이 사람들 사이에 퍼진 이유

인류의 선각자들이 사람들에게 준 가르침은 실로 위대하여 많은 사람에게 매우 놀라운 경험을 안겨주었다. 그리하여 평범한 사람들은 그들을 초자연적이며 반쯤은 신적인 존재로 여겼다. 이러한 사실은 인류의 선각자들의 가르침이 얼마나 중요한지를 방증한다. 하지만 일부 학자는 그들의 가르침이 불합리하고 시대에 뒤떨어졌음을 말해주는 가장 좋은 증거라고 받아들였다.

아리스토텔레스, 베이컨, 콩트 같은 사람들의 사상은 그들의 소수 독자와 숭배자들에 의해 유산으로 전해져 내려왔고 지금도 남아 있다. 하지만 학자들의 가르침은 대중의 마음을 움직이지는 못했다. 여기에 미신적 변형이나 과장은 없었으며 바로 이 점을 내세워 그들은 오히려 그 진실성을 반증하는 것이라고 역설했다. 이들과 달리 브라만, 석가, 조로아스터, 노자, 공자, 이사야, 예수 등의 가르침은 단지 수백 수천만 대중의 삶에 새로운 변화를 주었다는 이유만으로 미신이며 미혹이라고 간주되었다.

비록 미신으로 간주되었지만 인류의 선각자들의 가르침은 인생의 참된 행복이라는 문제에 해답을 주었기에 수십억 명의 사람은 그러한 미신을 믿으며 생활해왔고 오늘도 생활하고 있다. 이러한 가르침은 모든 시대의 뛰어난 사상가들과 관련되어 있을 뿐만 아니라 사상의 토대를 이루고 있다. 그러나 학자들이 인정하는 이론은 그저 그들 사이에서 논의되는 데 그치고 항상 논쟁의 불씨가 되곤 한다. 때로는 10년도 채 못 가서 새로운 이론이 나타나 어느새 잊히기도 한다. 이러한 사실에 학자들은 조금도 신경 쓰지 않는다. 현대사회가 추구하는 지식이 얼마나 그릇된 방향으로 나아가고 있는지를 이처럼 노골적으로 드러내는 것도 없다.

지구 상에 존재하는 천 개의 종교

여러 종류의 연감에 나와 있는 통계에 따르면 지구 상의 종교는 무려 천 종류가 넘는다. 이들 종교 중에는 불교, 브라만교, 유교, 도교, 기독교 등도 포함되어 있다. 그러나 모두 무의미한 것들뿐이다. 천 개가 넘는 종교를 연구해서 무슨 소용이 있는가? 요즘 현대인들은 스펜서나 헬름홀츠, 그 밖의 지식인들이 한 말을 모르면 치욕이라고 생각하면서도 브라만, 석가, 공자, 노자, 에픽테토스, 이사야 등에 관해서는 이름 정도만 알고 있거나 때로는 아예 이름조차도 모르는 일이 있다. 그리고 오늘날 제구실을 하는 종교는 천 개가 넘는 종교 가운데 고작 세 가지 정도다. 중국의 유교, 인도의 불교, 유럽의 기독교(이슬람교 포함)가 그것이다.

이들 종교 서적은 5루블밖에 하지 않으며 2주일 정도면 통독할 수 있다. 하지만 요즘 지식인들은 이들 종교와 관련된 서적 속에 인류가 지금까지 살아오면서 알게 된 온갖 지혜와 오늘날 인류를 있게 한 모든 것이 들어 있다는 사실을 전혀 알려고 하지 않는다.

눈에 보이는 것만 믿는 사람들

진리를 모르는 사람은 대중만이 아니다. 학자들도 전문가가 아닌 한 알지 못하고, 철학자들도 관련 서적이 아니면 가까이할 필요가 없다고 생각한다. 그렇다면 왜 그들은 인생의 모순을 해결함으로써 인간의 참된 행복과 생활을 규정해준 종교에 대해서 연구하지 않는 것일까? 요즘 지식인들은 인간의 삶에 담긴 근원적 모순을 깨닫지 못한 채 대담하게도 모순은 있을 리 없다고 단언한다. 왜냐하면 인간은 단지 동물에 지나지 않는다고 여기기 때문이다.

눈이 보이는 사람은 자기의 눈앞에 보이는 것을 잘 이해하고 그것으로 판단한다. 장님은 자기 앞을 지팡이로 더듬어 지팡이의 촉각으로 전해지는 것 이외에는 아무것도 없다고 단정한다.

05

인생의 목적

인간을 단지 동물적 생존을 하는 존재로만 본다면

학자들의 주장은 인간이 생명체로서 동물적 생존을 한다는 것인데, 이것은 눈에 보이는 현상을 적용한 결론이다. 그들은 그 결론에서 인생의 목적을 설명한다.

생명으로서 인간이나 동물이나 다를 바 없다는 주장의 근거

"사람이 산다는 것은 하나의 생물이 태어나서 죽기까지의 과정에 일어나는 현상에 지나지 않는다. 즉, 사람이 태어나고, 개가 태어나고, 말이 태어나는 일은 각각 고유의 몸뚱이를 갖고 생겨난 것에 불과하다. 이 고유한 몸뚱이는 한동안만 살다가 죽는다. 죽은 몸뚱이는 분해되어 다른 물질로 변해서 그 생물은 없어져 버린다. 생명이 있다가 없어져 버리는 것이다. 개나 말이 살아 있다고 말하는 것도 심장이 고동치고, 숨을 쉬고, 몸뚱이도 분해되지 않았다는 것을 뜻한다. 반면에 심장이 박동을 멈추고, 호흡이 멎고, 몸뚱이가 분해되기 시작하는 것은 곧 죽음을 말한다. 살아 있다는 것은 태어나서부터 죽음에 이르는 과정 동안 동물의 몸뚱이에서 일어나는 일이 사람에게도 똑같이 일어나는 작용이다. 이보다 더 분명한 일이 어디 있단 말인가!"

동물적 상태를 겨우 벗어났을 뿐인 미개한 인간들은 생명에 대해 이와 같이 생각해왔고, 지금도 그렇게 생각하고 있다. 오늘날 많은 과학자도 이처럼 유치하고 원시적인 견해를 유일한 진리인 양 내세운다. 그들은 자신의 견해를 주장할 때 인류가 지금까지 획득해온 외적 지식의 온갖 기능을 악용한다. 이로써 인류가 과거 수천 년에 걸쳐 간신히 벗어난 무지몽매한 암흑 속으로 다시 한번 인간을 밀어 넣고 있다.

과학이 설명하지 못하는 것들

물리학은 힘의 법칙이나 관계에 대해서는 설명하고 있지만, 힘이 무엇인지에 대한 문제는 언급하지 않는다. 그뿐만 아니라 힘의 본질도 설명하려고 하지 않는다. 화학은 물질의 관계를 설명하지만 물질이 무엇인지에 대한 문제는 언급하지 않는다. 그뿐만 아니라 그 본질에 대한 정의를 내리려고도 하지 않는다. 생물학은 생명의 형태를 설명하지만 생명이란 무엇인지에 대한 문제는 언급하지 않는다. 그뿐만 아니라 그 본질을 정의하려고도 하지 않는다. 그래서 힘, 물질, 생명 등은 진정한 과학 분야에서 하나의 연구 자료로 받아들여지는 것이 아니라, 지식의 다른 분야에서 공리로 내세운 하나의 초석으로 받아들여지고 있다. 진정한 과학은 대상에 대해서 이러한 관찰법을 취하고 있다. 이 정도의 진정한 과학이라면 대중에게 해로운 감화를 주어 무지의 세계로 이끌어가는 일은 결코 없다.

그러나 현대과학의 오만하고 그릇된 연구는 연구 대상에 대해 이러한 관찰법을 취하지 않는다. 그들은 "우리는 물질도 힘도 생명도 연구한다. 우리가 이것들을 연구하고 있는 이상 이를 알 수밖에 없다"라고 말한다. 그들은 자신들이 연구하는 것은 물질도 힘도 생명도 아니며, 단지 그들의 관계와 형태에 지나지 않음을 생각하지 못하는 것이다.

행복은 속기 쉬운 환상

"우리는 자신의 의식으로는 생명을 정의할 수 없다. 우리가 자기 속에서 생명을 관찰하려고 하면 뭐가 뭔지 알 수 없다. 의식 내에서 행복을 바라는 욕구가 우리의 인생을 형성하지만, 행복이라는 관념은 속기 쉬운 환상이며, 생명은 이 의식으로는 도저히 이해할 수 없다. 생명을 이해하려면 물질 운동으로서의 그 현상을 관찰해야 한다. 오직 이런 관찰에서 끌어낸 법칙에서만 우리는 생명의 법칙과 인간 생활의 법칙을 발견할 수 있다."

이와 같은 그릇된 가르침은 인간의 의식 속에서만 알 수 있는 인간의 생명이라는 개념을 동물적 존재로 바꾸어버린다. 처음에는 동물로서 인간, 다음에는 일반 동물, 그다음에는 식물, 더 나아가서는 물질의 외적 현상을 연구하기 시작했다. 어느새 그들이 연구하는 것은 두세 가지 생명현상이 아니라 생명 그 자체라고 주장했다. 그 관찰이 너무 복잡하고 다양하여 혼돈될 뿐 아니라 거기에 소모된 시간과 노력이 대단했다. 그래서 사람들은 점점 대상의 일부를 대상 그 자체로 생각했다. 마침내는 물질이나 식물이나 동물의 외면적 특질을 연구하는 일이 사람이 의식으로만 인식할 수 있는 생명 그 자체의 연구인 양 확신하기에 이르렀다.

대중과 영합하는 현대과학

과학자들은 마치 그림자를 진짜라고 말하며 보여주는 사람이, 그림자를 보는 구경꾼을 현재의 착각 상태로 두려는 행동과 비슷한 짓을 한다.

"절대 다른 쪽을 봐서는 안 됩니다" 하고 보여주는 사람이 말한다. "비치는 곳 외에는, 특히 물체 그 자체를 봐서는 안 됩니다. 왜냐하면 물체라는 것은 본래 없고, 물체가 있는 것 같은 생각이 드는 것은 반사 때문이니까요.”

어리석은 대중과 영합하려는 현대의 과학이라는 것도 이와 마찬가지다. 인간의 의식 속에서만 발견되는 행복에 대한 욕망을 무시하고, 인생을 말할 때 이와 똑같은 짓을 저지르고 있다. 잘못된 과학은 행복하기를 바라는 욕구와 전혀 관계없는 인생의 정의에서 출발하여 생물의 목적을 관찰하고, 거기서 인간과 아무런 관련도 없는 목적을 발견하여 사람들에게 강요한다. 인간의 행동 양태를 관찰하고 연구해온 학자들이 인생의 목적으로 열거한 것들은 자기 보존, 종족 번식, 생존을 위한 투쟁 등이다. 그리고 이러한 가설적 인생의 목적은 단번에 사람들의 마음을 사로잡았다.

왜곡된 인생관에서 출발한 과학이 내린 결론

인생의 주요 특성이라고 할 수 있는 인간 생활의 모순을 외면한 채 그릇된 과학은 왜곡된 인생관을 출발점으로 했다. 그리고 어리석은 대중이 요구하는 개인의 행복만을 인정하고 동물적 생존만이 곧 행복이라는 결론을 내리는 사태에 이르렀다.

과학은 인간에 대해 대중에게 적절히 설명했어야 하는데도 오히려 어리석은 대중의 요구를 내세워 설명하려는 경향을 보였다. 즉, 인간의 합리적 의식을 부정하고 인간은 모든 동물과 마찬가지로 개인이나 종족 그리고 형태의 생존경쟁에 지나지 않는다는 결론을 내리고 만 것이다.

06

생활의 지침

그냥 사는 것이 인생이라는 사람들

"인생을 정의한다는 건 쓸데없는 일이다. 누구나 인생을 알고 있다. 그것이면 그만이다. 우리는 단지 살아가기만 하면 되는 것이 아닌가!" 하고 그릇된 가르침을 받은 사람들은 말한다. 인생이 무엇인지, 인생의 행복이 무엇인지를 모르는 그들에게는 그것이 살아가는 방도이고 방법이다. 마치 흐르는 물에 몸을 맡긴 채 가야 할 방향을 잡지 못한 사람이 자기가 지금 가고 싶은 곳을 향해 가고 있다고 생각하듯이.

아이는 주변 사람의 본을 받아서 자란다

한 아이가 가난한 집이나 부잣집에서 태어나 바리새식 교육이나 학자의 교육을 받았다고 가정해보자. 이 어린아이는 아직 인생의 모순을 알지 못할뿐더러 인생에 대한 문제도 없다. 따라서 바리새인의 설명도, 학자들의 설명도 아이에게는 불필요하며 아이의 생활을 지도할 수 없다. 아이는 오직 주변 사람들의 본을 받아서 성장한다. 더구나 본이 되는 사람들은 바리새인이거나 학자다. 그들은 자신의 행복만을 위해서 생활하기에 아이에게도 그러한 생활을 가르칠 뿐이다.

흙수저를 물고 태어나든, 금수저를 물고 태어나든

가난한 집안에서 태어난 아이는 부모에게서 이런 것을 배울 것이다. 인생의 목적은 많은 빵과 돈을 버는 것이며, 될 수 있는 대로 적게 일해서 동물적 자아를 만족시켜주는 일이라고. 반면에 부잣집에서 태어난 아이는 부모에게서 이런 것을 배울 것이다. 인생의 목적은 유쾌하고 즐겁게 시간을 보내기 위해서 부와 명예를 얻는 것이라고.

가난한 사람이 얻는 모든 지식은 오직 그 자신이 행복해지기 위해 필요한 것이다. 부유한 사람이 얻는 모든 과학과 예술에 대한 지식은 자신의 권태를 해소하고 즐겁게 소일하기 위해 필요한 것일 뿐이다. 그러므로 가난한 사람이나 부유한 사람이나 오래 살면 살수록 세상 사람들을 지배하는 사고방식에 점점 더 강하게 물들게 된다. 그들은 결혼해서 가정을 이루면 동물적 생활의 행복을 전보다도 더 얻으려고 한다. 다른 사람들과의 경쟁은 치열해지고, 오직 개인의 행복만을 추구하며 생활하는 타성에 점점 빠져든다.

목적 없는 생존경쟁에 대한 의문

가난한 사람이나 부유한 사람이나 모두 자신의 생활이 합리적인지 의문이 생길 수 있다. 즉, '자기 자신의 자식들에게도 계속될 이 목적 없는 생존경쟁은 무엇 때문인가?' '자신이나 자식들에게도 고통의 씨앗이 될 쾌락을 추구하는 것이 과연 무슨 의미가 있을까?'라는 의문이 일어난다. 하지만 이런 의문이 생기더라도 자기보다 수천 년 전에 자기와 같은 처지에 있었던 인류의 위대한 스승들이 이미 이러한 의문을 해결하여 인류에게 제시한 참된 인생의 정의를 그들 스스로 깨닫게 될 개연성은 거의 없다. 바리새식이나 그런 학자들의 가르침이 하나하나 그들의 눈을 가리고 있기 때문에, 그것을 알게 되리라고는 상상하기 어렵다.

인생은 원래 고통스러운 것일까

“이 불행한 인생은 무엇 때문입니까?”라는 질문에 어떤 사람들은 이렇게 대답한다. “인생이란 원래 불행한 것입니다. 예전에도 그러했고 앞으로도 그러할 것입니다. 인생의 행복은 현재에는 없고 세상에 태어나기 이전의 과거와 죽어서 생을 끝낸 내세에만 있을 뿐입니다”라고 대답한다. 그리고 여러 종교에서도 언제나 같은 이야기를 한다. 현재의 생활은 악이며 이 악의 원인은 과거에 있다. 즉, 세계와 인간이 출현했던 태초에 있다는 것이다. 현세의 악에 대한 속죄는 내세에 있는 무덤 저편에 있다. 이 내세의 생활에서 행복을 얻기 위해서 사람이 할 수 있는 일은 그들이 말하는 가르침을 믿고 그들이 명하는 의식을 실행하는 것이라고 말한다.

그런데 종교인들 중 개인의 행복을 위해서 살아가는 사람 또는 그와 같은 행복을 위해 사는 사람들의 생활을 본 사람들은 그들의 진실성에 의문을 가진다. 그들은 종교인들이 내린 인생에 대한 해답의 의미를 깊이 캐묻지도 않을 뿐 아니라 그들을 믿지도 않기에 학자들에게 달려간다. 학자들은 그들에게 이렇게 말한다.

“삶에 대한 모든 가르침은 무학 무지의 결과다. 당신 생활에 있어서 합리성에 관한 의문은 쓸데없는 공상에 불과하다. 우주의 생활, 지구의 생활, 인간의 생활, 동물의 생활, 식물의 생활에는 각각 법칙이 있다. 우리는 그것을 탐구하여 우주의 기원, 인간의 기원, 동식물의 기원, 그 밖에 만물의 기원을 연구한다. 우리는 또 미래 세계에서 기다리고 있는 것은 무엇인가, 태양은 어떻게 냉각될 것인가를 비롯하여 사람이나 모든 동식물이 과거에는 어떠했으며 또 앞으로는 어떻게 될 것인가를 연구하고 있다. 우리는 만물이 우리가 말하는 것처럼 되어 있었다는 것과 또 그렇게 되리라는 것도 입증할 수 있다. 우리의 연구는 그뿐만이 아니고 인간의 행복을 증진하는 데도 크게 공헌하고 있다. 그러나 당신의 생활과 당신이 갈망하는 행복에 대해서는 당신이 알고 있는 것 이외에는 새삼스럽게 덧붙여 말할 것이 없다. 다시 말해 당신은 현재 살고 있으므로 되도록 잘 살아나가라고 말할 수밖에 없다."

종교 지도자나 학자들로부터도 인생의 해답을 얻지 못한 사람은 자신의 인생에 아무런 지침도 없이 지금까지 살아왔던 것처럼 살아갈 수밖에 없다.

의문을 가진 사람들 중 어떤 사람들은 파스칼의 의견에 따라서 자신에게 이렇게 말한다.

'신이 지시한 대로 살지 않으면 벌을 받는다는 게 정말일까.'

이러한 생각을 가진 사람은 틈을 내서 실제 종교적 계율을 모조리 실행해본다. (별로 손해될 것은 없다. 어쩌면 큰 이익이 생길지도 모른다.) 그런데 다른 사람들은 학자들의 주장을 좇아서 현세 이외의 생활과 모든 종교적 의식을 부정하고 자신에게 이렇게 말한다.

'나만 이렇게 사는 것이 아니다. 옛날부터 사람들은 모두 이렇게 살아왔고, 지금도 이렇게 살아가고 있다. 될 대로 되라지.'

물론 어느 쪽이건 우열을 가릴 수는 없다. 전자도 후자도 모두 현재 생활의 의미에 대해서는 아무런 해석조차도 내놓지 않고 있다. 그러나 인간은 살아야 한다.

매일 반드시 해야 할 일들을 끊임없이 선택해야 하는 인간의 운명

인간의 생활은 아침 일찍 일어나서 잠자리에 들기까지 여러 가지 행위의 연속이다. 사람은 매일 자기가 할 수 있는 일 가운데 반드시 해야 할 일들을 끊임없이 선택해야 한다. 하지만 천국 생활의 신비를 설명해주는 종교의 가르침도, 세계와 인간의 기원을 연구해서 미래의 운명에 관해 결론 내리는 학자들의 가르침도 행위를 선택하는 데 지침을 주지는 않는다. 그런데 사람은 자기 행위를 선택하는 데 일정한 지침이 없으면 살아갈 수 없다. 사람은 어쩔 수 없이 이성적 판단을 떠나서 인류의 여러 사회에 항상 존재해왔고, 또 현재에도 존재하는 생활의 외적 지침을 따르는 것이다.

모든 사람의 행위를 지배하는 인생의 지침

인생의 지침에 대해 합리적으로 설명할 수는 없다. 그러나 모든 사람의 행위 대부분을 지배하는 것이 또한 인생의 지침이다. 이 지침은 사회생활의 관습을 가리키며 사람들을 지배하는 지침의 힘이 강하면 강할수록 사람들은 자기 생활의 의미에 대한 이해가 점점 떨어진다. 하지만 이 지침을 명확하게 표현할 수는 없다. 왜냐하면 지침은 사실과 행위로 이루어진 것이어서 때와 장소에 따라 다르기 때문이다. 즉, 지침은 중국인들이 선조의 위패에 켜놓은 촛불이며 이슬람교도에게는 성지순례이며 인도인에게는 정해진 시간에 외우는 기도문이다. 또한 군인에게는 군기軍旗에 대한 충성과 군복에 대한 명예이며 사교인社交人들 사이에서는 결투이며 미개인들에게는 근친近親의 원수 갚기다. 지침은 일정한 날에 먹는 음식이며 자기 자식에 대한 어떤 교육이기도 하다. 지침은 정기적인 방문이며 집안의 장식이며 장례 · 출산 · 결혼 등에 대한 일정한 예식이다. 지침은 모든 생활을 가득 채우고 있는 사건과 행위의 무한량이다. 그리고 지침은 예의나 관습이라고 이름 붙여지는 것, 아니 가장 흔히 의무, 신성한 의무라고 불리는 것들이기도 하다. 그리고 지금 대부분의 사람은 바리새파나 학자들의 인생에 대한 설명은 물론 이 지침을 따르고 있다.

사람들은 자기가 한 일에 상당한 명분이 있다고 믿는다

우리는 어디에 가든지 어렸을 때부터 자기 주변에 대해 아무런 합리적인 설명을 하지 못하면서도 충분한 확신을 가지고 위엄 있게 자기 일을 해나가는 사람들을 본다. 그리고 생활에 아무런 합리적 해석을 갖지 않은 채 우리도 그 사람과 똑같이 자기 일을 할 뿐만 아니라 그 일에 대해 합리적인 의미를 부여하려고 애쓴다. 사람들은 자신이 한 일에 저마다 상당한 이유가 있다고 생각하기 때문이다.

의미를 모른 채 누구나 따라 하는 것들

우리는 자기 인생의 의미를 잘 알지 못하지만 적어도 다른 사람들은 잘 알고 있으리라고 생각한다. 그런데 다른 사람들도 대부분 우리와 마찬가지로 인생에 대한 합리적인 의미를 깨닫지 못하고 있다. 그들도 다른 사람은 인생에 대해 합리적인 의미를 갖고 살아가며 또 이를 실천할 것을 자신들에게 요구한다고 생각한다. 따라서 사람들은 상대를 속여가면서 아무런 합리적인 설명이라고는 찾아볼 수 없는 일들을 실행하는 데 점점 익숙해진다. 그뿐만 아니라 그런 행위를 일종의 신비스럽고 자기 자신들도 알 수 없는 의미를 붙이는 데 익숙해져 간다. 자신들이 하고 있는 일의 의미가 이해되지 않으면 이해되지 않을수록, 또 그러한 일의 근거가 의심스러우면 의심스러울수록 그들은 더욱더 그것을 소중하게 여기고, 점점 더 장중하게 실행한다. 그래서 돈 있는 사람이나 가난한 사람도 주위 사람들이 하는 일을 보고 그대로 따라 한다.

사람들은 이러한 일이 오랜 옛날부터 많은 사람이 해온 일이라는 이유로 높게 평가하면서 인생의 참된 과업이 아닐 리 없다고 생각한다. 이러한 자기 합리화로 자신을 위로하면서 더 나아가 이러한 일을 자기들의 신성한 의무라고 여긴다. 그리고 자신은 왜 사는지 몰라도 다른 사람들은 알고 있을 것이라고 억지로 믿으면서 늙은이가 되어 죽을 때까지 살아간다.

인생의 문 앞에서 벌이는 무의미한 혼잡

사람들은 새로운 존재로 끊임없이 태어나고 성장해간다. 그들은 주위의 존경을 한 몸에 받는 백발의 노인이 되어 인생이라는 생존의 혼란 과정을 바라보면서 이 무의미한 혼잡이야말로 바로 인생이라는 확신을 가진 채 인생의 출입문에서 잠시 서성거리다가 그대로 이 세상에서 사라져간다. 이와 비슷한 예로 이제까지 한 번도 군중 집회를 본 일이 없는 사람이 출입문 앞에서 서로 밀치고 떠밀면서 법석대는 군중을 보고, 그것을 집회라고 앞질러 생각하고는 출입문 앞에서 조금 밀치다가 아픈 옆구리를 끌어안은 채 자기도 집회에 갔다는 확신을 품고 자기 집으로 되돌아가는 것이다.

우리는 지금 산을 깎아내고, 세계 각국을 날아다닌다. 전기 · 현미경 · 전화 · 전쟁 · 의회 · 자선사업 · 당파 싸움 · 대학 학회 · 박물관…… 이것이야말로 인생이 아닐까? 그런 점에서 본다면 무역 · 전쟁 · 교통 · 과학 · 예술 등 시끄럽고 떠들썩한 인간의 활동 대부분은 인생의 출입구에 모여 있는 어리석은 군중의 혼란에 지나지 않는다.

07

인생의 근본적인 모순에 눈뜰 때

무덤 저편에만 있다는 행복을 믿으려면

“진실로 진실로 너희에게 이르노니 죽은 자들이 하나님의 아들의 음성을 들을 때가 오나니 곧 이때라 듣는 자는 살아나리라”라는 말이 성경에 있듯이 바야흐로 그 시간이 다가오고 있다. 무덤 저편에서만 행복하고 합리적일 수 있다거나 오직 개인의 생활만이 행복하고 합리적일 수 있다는 것을 아무리 스스로 믿으려고 해도, 또는 다른 사람이 아무리 설득한다고 해도 여간해서 사람들은 그것을 믿으려 들지 않는다. 사람은 누구나 마음속 깊이 자신의 생활이 행복하기를 바랄 뿐 아니라 여기에 합리적인 의의를 부여하고 싶어 하는 욕구를 가지고 있기 때문이다. 그리고 무덤 저편의 생활이나 불가능한 개인적 행복 이외에 다른 어떤 목적이 없는 생활은 불행이며 무의미한 것이라고 생각한다.

지금, 생의 한복판에서 인생의 설명을 요구하라

'내세를 위해 어떻게 살아야 할까?'

사람들은 생각한다. 그러나 자신이 알고 있는 유일한 표본인 현재의 생활이 무의미하게 여겨진다면 어느 누구도 이 밖에 다른 합리적인 생활이 있다고 증언하지 못한다. 오히려 그와 반대로 인생은 본질적으로 무의미해서 이 무의미한 것 이외에는 인생에 아무것도 없다는 것을 스스로 인정할 수밖에 도리가 없다.

그렇다면 나 자신을 위해서 살 것인가? 그러나 자신만을 위한 생활은 악이며 무의미하다. 그렇다면 가족을 위해서 살 것인가? 사회를 위해서 살 것인가? 조국이나 인류를 위해서 살 것인가? 그러나 개인적인 생활이 불행하고 무의미하다면 다른 모든 개인적인 생활도 역시 무의미할 수밖에 없다. 따라서 무의미하고 불합리한 개인생활을 아무리 많이 누려본다 한들 행복하고 합리적인 생활이 이루어질 리 만무하다.

'무엇 때문에 사는지도 모르면서 다른 사람이 하는 대로 따라서 살아야 하나?'

그렇다면 다시 생각해보자. 다른 사람도 나와 마찬가지로 자신이 무엇 때문에 사는지 모른다는 사실을 나는 알고 있지 않은가.

그래서 이제야 합리적 의식이 그릇된 가르침을 제치고 인간이 생의 한복판에서 걸음을 멈추고 적절한 설명을 요구할 때가 온 것이다. 단, 다른 사람들과의 교섭이 없는 소수의 사람, 자신의 육체적 존재를 유지하기 위해 끊임없이 자연과의 고된 투쟁을 계속하고 있는 사람들은 예외다. 그들은 스스로 자기들의 의무라고 이름 붙인 그 무의미한 일의 실행을 그들 고유의 인생이라고 생각하고 믿을 수 있다.

합리적 의식에 눈을 뜨고

내세를 준비하기 위해서 현재 생활을 부정하거나 또는 동물적 개인 생존을 인생이라고 생각하고, 의무를 인생의 과업이라고 인정하는 일 등이 그릇된 견해라는 사실이 대다수 사람에 의해 밝혀졌다. 궁핍한 생활로 좌절하고 음탕한 생활로 둔해진 사람이 아니라면 자기 생존이 무의미하고 불행하다는 점을 느끼지 않고 어떻게 해서든지 생존을 계속해 나갈 수 없는 때가 조만간 올 것이다. 아니 이미 와 있다.

사람들은 점점 합리적 의식에 눈을 뜨고 그 무덤 속에서 소생한다. 그리고 이 인생의 근본적인 모순을 보지 않으려는 사람들의 온갖 노력에도 놀라운 힘으로 분명히 그들 앞에 나타날 것이다.

'내 생활은 처음부터 끝까지 내 행복만을 바라는 마음뿐이다.'

합리적인 의식에 눈뜬 사람들은 자신에게 말한다. 하지만 이성은 이 행복이 자신을 위해 존재하지 않으며, 아무리 노력한다고 해도 결국 고통과 사멸을 피할 수 없다는 사실을 말해준다.

-나는 행복을 원한다. 살고 싶다. 합리적인 인생의 의미를 알고 싶다. 그러나 나의 마음속과 나를 둘러싼 주위에는 오직 악과 죽음

과 무의미한 것밖에는 없다. 그렇다면 어떻게 해야 좋은가? 어떻게 살아야 하는가?

그러나 여기에 대한 해답은 어디에서도 찾을 수 없다.

우리는 자기 주위를 둘러보며 자기의 물음에 대한 답을 찾지만 해답은 보이지 않는다. 우리는 자신이 생각하지도 않은 의문에 대한 답은 쉽게 찾아낸다. 하지만 정작 자신이 품고 있는 문제에 대한 해답은 어디에서도 찾지 못해 늘 헤매기만 한다. 우리가 찾는 것이라고는 오직 다른 사람들이 무엇 때문에 사는지를 모르고 있다는 사실과 자기 자신도 왜 사는지 모른다는 사실이다. 결과적으로 우리가 알 수 있는 것은 무엇 때문에 사는지 모른 채 사는 사람들의 헛된 소동일 뿐이다.

현대인의 두 개 자아

사람들은 모두 자신이 보잘것없는 존재이고 자신이 하는 일이 무의미하다는 것을 의식하지 못한 채 생활한다. 인생의 합리적인 의식에 눈뜬 사람들은 '저 사람들이 제정신일까? 아니면 내가 제정신일까?'라고 스스로에게 물어본다. 그러나 곧 그는 이렇게 말한다.

'세상 사람들이 모두 제정신이 아니라는 것은 말이 안 된다. 그렇다면 결국 내가 미쳤다는 것인가? 하지만 그럴 리는 없다. 나 자신에게 이런 사실을 말해주는 나의 합리적인 자아가 미쳤을 리 없다. 이 세상에 나 혼자 남게 된다고 해도 나는 이를 믿지 않을 수 없을 것이다'라고.

이처럼 사람들은 자신의 영혼을 찢어발기는 무서운 문제를 가슴에 품은 채 이 세계 안에서 오직 자기 한 사람만을 의식한다. 하지만 그렇게 살아가지 않으면 안 될 것이다.

하나의 자아, 즉 인격은 우리에게 살아가라고 명령한다. 그러나 다른 자아인 이성은 '살 수 없다'라고 말한다. 여기에서 우리는 자신이 둘로 분열되었음을 느낀다. 이 분열은 짓궂게 우리 영혼을 괴롭힌다. 그리고 이 분열과 고뇌의 원인이 마치 자신의 이성인 것처럼 느껴진다.

이성, 살아가기 위해서 반드시 있어야 하는 인간 최고 능력인 이성, 엄청난 파괴력을 가진 자연 앞에서 벌거숭이며 의지할 곳 없는 인간에게 생존과 향락의 방법을 부여하는 이성, 그러나 이 이성이야말로 우리의 생활을 해치기도 한다.

우리를 에워싸고 있는 전 세계의 온갖 생물들에게는 각각 특유한 능력이 필요하고 그 능력으로 그들의 행복을 촉진한다. 식물 · 곤충 · 동물은 제각기 그들 나름의 법칙에 따라서 행복하고 기쁨에 찬 평온한 생활을 보낸다. 그러나 유독 인간만은 자연으로부터 물려받은 최고의 능력으로 매우 고통스러운 상태에 빠지기도 한다. 그래서 오늘날에 이르러서는 많은 사람이 이성으로 야기된 내적 모순의 최고조 긴장에서 벗어나기 위해 지극히 풀기 어려운 생명의 실타래를 풀고 스스로 목숨 끊기를 주저하지 않는다.

08

동물 생활과 인간 생활

내부에서 눈뜬 합리적 의식으로 겪는 혼동

우리는 내부에서 눈뜬 합리적인 의식이 우리 생활을 해치는 것으로 생각한다. 하지만 그것은 자기의 생활일 수 없거나 또 현재도 자기 생활이 될 수 없는 것을 자기 생활이라고 여기기 때문이다.

인간의 생활이란 출생과 더불어 시작되는 개인적 생존에 지나지 않는다는, 이러한 현 세대의 잘못된 가르침 속에서 자라온 우리는 갓난아이 때부터 소년이 될 무렵까지 줄곧 그렇게 살아온 것처럼 생각한다. 청년이 되고 어른이 된 뒤에도 이제까지 살아온 것처럼 끊임없이 생활할 것 같은 기분을 느낀다. 다시 말해 사람은 자신이 아주 오랫동안 살아왔고 늘 끊임없이 살아갈 것으로 생각한다는 것이다. 하지만 어느 순간 지금까지 살아온 것처럼 계속 살아갈 수 없다는 것, 즉 자기 삶이 정지될 것을 분명하게 알게 될 때가 있다.

이처럼 잘못된 가르침은 인간의 생활이 출생에서 사망 시까지라는 관념을 머릿속에 굳게 심어주었다. 여기에서 인간은 동물의 생활에 불과한 자신의 생활을 보고, 겉으로 드러나는 생활의 관념과 의식을 혼동하여 눈에 보이는 이 생활이야말로 자기의 삶이라고 확신하기에 이른다.

그러나 내부에서 눈뜬 합리적 의식은 동물적인 삶으로 채워지기 어려운 여러 가지 요구를 불러일으킴으로써 이러한 인생관이 잘못되었다는 사실을 지적한다. 그럼에도 머릿속 깊숙이 뿌리박힌 잘못된 인식은 이 오류를 인정하지 않으려 한다. 우리는 동물적 생존이라는 인생관을 버리지 못한다. 이러한 이유로 자신의 생활이 합리적 의식으로 눈뜬 채 정지되었다고 느끼는 것이다. 자신의 생활이라고 부르는 것과 자신에게 정지되어버린 듯이 느껴지는 것은 결코 존재하지 않았다고 보아야 한다. 자신의 생활이라 부르는 것, 즉 태어난 순간부터 생존은 결코 자신의 생활이 아니었다. 태어났을 때부터 현재의 이 순간까지 계속해서 살아왔다는 관념은, 꿈꾸고 있을 때처럼 의식의 착각에 불과하다. 즉, 눈을 뜨기 전까지는 아무것도 없지만 눈을 뜨는 순간에 비로소 꿈이 구성되는 것과 같다.

인간다운 생활은 합리적 의식에서 비롯된다

사람은 어릴 때에는 동물과 다를 바 없는 과정을 겪는다. 인생에 관해서도 아는 바가 없다. 만일 열 달밖에 살지 못한다고 한다면 자신의 생활은 물론이고 다른 사람의 생활에 관해서도 아무것도 모른 채 끝날 것이다. 마치 어머니의 배 속에서 죽어버린 경우와 마찬가지로 아무것도 모를 것이다. 이와 같은 일은 어린아이에게만 해당되는 일은 아니다. 지력이 딸리는 어른이나 백치들도 마찬가지다. 그들은 살아 있다는 것, 다른 존재가 살아 있다는 사실에 관해서 알지 못한다. 이러한 사람들은 인간적인 생활을 하고 있다고 볼 수 없다.

인간적인 생활은 합리적 의식이 나타남으로써 비롯된다. 합리적 의식은 현재와 과거의 생활을 분명히 자각하게 할 뿐만 아니라 다른 사람들의 생활도 깨닫게 한다. 이들 개개인의 관계에서 필연적으로 생기는 모든 고통뿐 아니라 죽음에 대해서도 깨닫게 한다. 개인 생활의 행복에 대한 부정과 개인 생활을 정지시키는 것처럼 여겨지는 모순을 불러일으키기도 한다.

이성이 눈을 뜨는 순간
삶이 멈춰버렸다고 생각하는 사람들

사람은 자기 이외의 사물이나 존재를 정의 내리는 것처럼 자신의 생활을 시간으로 정의 내리고 싶어 한다. 그런데 자신의 내부에서 육체적으로 태어날 때와 다른, 별개의 생명이 눈을 뜨면서 혼란이 시작된다. 시간으로 정의 내릴 수 없으므로 그것을 인생이라고 생각하고 싶지 않은 것이다. 그러나 사람들이 아무리 시간 안에서 자신의 합리적 생활이 비롯되었다고 여겨질 근거를 찾으려고 해도 결코 발견할 수 없다.

추억이라는 한정된 범위 안에서 합리적 의식의 실마리를 찾아내기란 불가능하다. 사람들은 합리적 의식이 언제나 자기 내부에 있었던 것으로 생각한다. 설령 이러한 의식의 실마리 비슷한 것을 찾아낸다고 하더라도 육체적 탄생 속에서 찾아낼 수 없다. 오직 육체적 탄생과는 전혀 공통점이 없는 영역에서 찾아낼 수 있을 뿐이다.

사람은 합리적 의식과 육체적 존재를 전혀 다른 것으로 인식한다. 즉, 합리적 존재로서 자기 자신에 대해 스스로 물을 때 사람은 자기가 어느 해 어느 달에 부모로부터 태어난 자식이며 조부모의 자손이라고 생각하지 않는다. 다시 말해 사람들은 한 사람의 자식으로서가 아니라, 때에 따라서는 수천 년이 지난 옛날에 이 세상의 어느 한구석에 살았던 이성적 존재로 인식한다. 즉, 시간과 장소의 측면에서는 전혀 다른 사람으로서 존재 의식과 하나로 결부된 보편적인 존재로 인식하는 것이다.

사람은 이성적 존재 의식 속에서 자신이 태어난 배경을 인정하지 않는다. 다만 다른 이성적 존재와 시공간을 초월한 합치만을 인정함으로써 자기 자신을 발견하게 된다. 그리하여 내면에서 눈을 뜬 합리적 의식이야말로 방황하는 사람들이 인생이라고 보는 잘못된 인생관을 갖게 했다. 그 결과 사람들은 합리적 인식에 눈을 뜨는 순간, 자기들의 삶이 정지되어버린다고 생각하는 것이다.

09

잘못된 가르침을 좇는 사람들

그릇된 인생관을 지닌 사람들이 겪는 내적 분열

분열이나 모순은 존재하지 않는다. 다만 잘못된 가르침에서만 나타난다. 잘못된 가르침 속에서 자라고 의지해온 사람이라면, 다시 말해 인생을 출생에서 사망에 이르기까지 동물적인 생존으로만 보는 사람이라면 자신의 내면에서 합리적 의식이 눈뜰 때 비로소 괴로운 분열 상태를 경험한다. 이러한 상태에서 혼란을 겪는 사람들은 자기 내면이 둘로 분열된 것으로 생각한다.

사람은 자신의 생활이 하나임을 알고 있으면서도 둘인 것으로 느낀다. 마치 손가락 사이에 조그만 구슬을 굴리면 구슬이 하나임을 알면서도 둘인 것처럼 느끼는 것과 같다. 그릇된 인생관을 지닌 사람들은 모두 이와 같은 일을 겪는다.

참된 생명에 대한 각성이 불러온 또 다른 긴장감

인간의 이성은 그릇된 방향을 향하고 있다. 도저히 인생이라고 볼 수 없는 육체적·개인적 존재를 인생이라고 인식하도록 교육받아 왔다. 이와 같이 그릇된 관념을 가진 채 인생을 바라보면 두 개의 인생을 볼 수밖에 없다. 하나는 자기가 그럴 것이라고 상상하는 인생이고, 다른 하나는 현실로 존재하는 인생이다.

이런 사람들에게는 이성에 따른 개인적 행복을 부정하거나 다른 사람의 행복을 기원하는 일 따위는 어딘지 모르게 병적이고 부자연스러운 것으로 보인다. 그러나 합리적 의식을 지닌 사람에게는 개인적 행복이나 그 삶의 가능성을 부정하는 일은 개인 생활에서 약속된 당연한 결과다. 합리적 의식을 지닌 사람에게는 개인적 행복이나 개체로서의 삶을 부정하는 것이 마치 새가 날개로 나는 것이 발로 걷는 것보다 자연스러운 것과 같이, 생명의 자연스러운 본성이다. 예컨대 깃털이 나기 시작한 어린 새가 발로 걷는다고 해서 그것으로 나는 것이 새의 본성이 아니라고 증명할 수는 없다.

만일 우리 주위의 사람들이 자기 인생의 목적을 개인의 행복이라고 생각하더라도, 그것이 곧 인간이 지적 생활을 할 수 없다는 증명이 되지는 않는다. 인간이 참된 생명에 대해 자각하면 오늘날 세계에서 숨 막힐 정도로 긴장감을 준다. 그 이유는 지금 세상의 그릇된 가르침이 생명의 환영을 생명 그 자체로, 참된 삶의 출현을 생명의 파괴로 우기며 사람들을 설득하려고 애쓰기 때문이다.

몸의 성적 변화를 겪는 소녀가 느끼는 혼란 같은 것

현대사회에서 참된 생활을 누리는 사람들에게는 여성으로서의 본성에 무지했던 소녀가 경험하는 것과 똑같은 일이 일어난다. 소녀는 성적 성숙의 조짐을 몸으로 느끼는 동시에 어머니로서의 책임과 기쁨이 있는 미래의 결혼 생활에 적합하게 변하는 몸의 상태를 병적이고 부자연스러운 것으로 생각하고 절망하기 쉽다. 이처럼 오늘날 참된 생활에 대한 각성을 경험한 사람들도 이와 똑같은 절망을 경험한다.

합리적 의식에 눈떴다고 하더라도 자신의 생활을 개인적인 것으로만 생각하는 사람은 자기 생활을 물질의 운동이라고 인정한다. 그리고 자신을 물질 법칙에 속한 존재로 여기고 동물과 똑같은 고통스러운 상태에 있다. 이러한 동물은 괴로운 내적 모순과 분열을 경험할 뿐이다. 동물의 물질 법칙에만 따르는 사람은 조용히 앉아서 호흡하는 것이 자기의 생활이라고 느낄 것이다. 하지만 그는 자아와 전혀 별개의 것, 즉 자기 보호와 종족의 보존을 원할 것이다. 이 순간 동물은 자기가 분열과 모순을 경험한 듯한 생각이 들 것이다. 그러면서 '생활이란 중력의 법칙에 따르는 것이다. 꼼짝도 하지 않고 드러누워 있으면서 몸 안에서 일어나는 화학작용에 따르는 것이다. 현재 나는 그렇게 하고 있다. 그러나 한편으로는 움직이지 않으면 안 되고, 먹지 않으면 안 되고, 수컷 또는 암컷을 찾지 않으면 안 된다'라고 생각한다.

물질의 법칙과 자아의 법칙

동물은 고통스러운 상태에서 고민할 뿐 아니라 거기에서 모순과 분열을 발견한다. 그런데 이러한 일이 동물적 자아를 자기 생활의 법칙이라고 배워온 사람들에게도 똑같이 생기는 것이다. 인생의 최고 법칙인 개인의 합리적 법칙은 사람들에게 전혀 별개의 것을 요구한다. 하지만 주위 사람들이나 그릇된 가르침이 사람들을 허위의식 속으로 몰아넣기 때문에 우리는 모순과 분열을 경험할 수밖에 없다.

이러한 모순과 분열로 야기된 괴로움에서 벗어나기 위해서는 저속한 물질의 법칙을 버리고 자아의 법칙을 인정하며 이를 실행하면서 자아의 목적을 달성시킬 물질의 법칙을 이용해야 한다. 마찬가지로 최초의 법칙을 포함하는 최고 법칙 안에서 자신의 생활을 인정해야 한다. 그렇게 하면 모순은 해소되고 자아는 합리적 의식에 따라 자유롭게 그것에 봉사하게 될 것이다.

#10

참된 생활의 탄생

개인의 행복이 불가능하다는 사실을 알게 되면

생명현상을 인간적 존재 속에서 관찰하고 시간 속에서 연구할 때 우리는, 참된 생명이 마치 곡식의 낟알 속에 보존되어 있는 것처럼 인간의 생명도 마음속에 보존되어 있다가 때가 되면 표면에 나타난다고 생각한다.

동물적 자아가 사람을 개인의 행복 쪽으로 이끌어가려는 데 반해 합리적 의식은 개인의 행복이 불가능함을 알려주면서 다른 행복을 제시한다. 이때 참된 생명이 나타난다. 사람은 무덤 저편의 세상에 있다는 행복을 바라면서도 그것을 인식할 만한 능력이 없기 때문에 처음에는 개인의 행복을 택한다. 하지만 개인의 행복이 불가능하다는 사실을 깨달으면 합리적 의식이 막연하게 제시한 행복이 또렷한 확증으로 다가온다. 여기에 이르면 사람은 자신에게 제시된 새로운 행복을 한 번 더 되돌아본다.

합리적 의식이 제시한 행복은 아직 보이지 않는다. 그러나 개인의 행복이 여지없이 폐기되면 개인의 행복을 추구하기가 불가능하다. 이때 사람의 마음속에서 합리적 의식과 동물적 자아 사이에 새로운 관계가 형성된다. 그리하여 사람들은 참된 인간으로 다시 새롭게 태어난다.

눈으로 확인할 길 없는 합리적 의식의 성장

물질계에서는 만물이 발생할 때 일어나는 것과 똑같은 일이 일어난다. 한 생명이 잉태되는 것은 태어나고 싶어서가 아니며, 태어나는 것이 유리해서도 아니며, 태어나는 것이 바람직한 일이라고 생각해서도 아니다. 단지 달이 차서 태 속에서 이어온 생존을 더는 계속할 수 없기 때문이다. 그래서 새로운 생활로 들어가지 않을 수 없게 된다. 이러한 상황은 새로운 생활이 그를 불러들여서가 아니라 오히려 지금까지의 생존 가능성이 상실되었기 때문이다.

합리적 의식은 개체로서 자아 속에서 자신도 모르게 발달해 마침내는 자아 속의 생활이 불가능해질 정도로 성장한다. 바로 여기에서 모든 물질이 발생할 때 일어나는 것과 같은 현상이 일어난다. 즉, 곡식 낟알의 해체와 새로운 싹이 돋아나는 현상이 그것이다. 씨앗이 새로운 싹의 영양분이 되고 싹이 점점 커가는 모습도 마찬가지다. 다만 합리적 의식의 발생과 육체적 탄생의 다른 점은, 육체적 탄생에서는 시간과 공간을 통해 언제, 어떻게 해서 무엇이 태어났는가를 우리 눈으로 확인할 수 있다는 것이다. 열매가 씨앗 구실을 하고, 씨앗을 일정한 조건하에 두면 싹이 돋아난다. 싹이 자라서 꽃을 피우고 드디어 열매를 맺는다(이와 같은 생명의 순환은 우리가 눈으로 확인할 수 있다)는 것을 알 수 있다. 이에 반해 합리적 의식의 발달은 시간상으로는 물론이고 그 순환과정도 볼 수가 없다. 우리가 합리적 의식의 싹틈이나 그 순환을 볼 수 없는 것은 우리 자신이 이를 행하기 때문이다. 즉, 우리의 생명은 우리 속에서 태어나는, 눈에 보이지 않는 존재의 탄생에 불과하기에 우리는 그것을 전혀 볼 수 없는 것이다.

스스로 썩어가는 씨앗에는 모순이 없다

우리는 새로운 존재의 탄생이나 동물적 자아와 합리적 의식의 새로운 관계를 육안으로 볼 수 없다. 마치 씨앗이 줄기의 성장을 볼 수 없는 것과 마찬가지다. 합리적 의식이 어느 순간 우리 앞에 모습을 드러낼 때 우리는 모순을 경험하는 것같이 느낀다. 그러나 사실은 아무런 모순이 없다. 이는 움트는 씨앗에 모순이 없음과 마찬가지다.

다만 씨앗의 껍질 속에 있었던 생명이 지금은 싹 속에 있음을 볼 뿐이다. 합리적 의식에 눈뜬 사람도 마찬가지로 아무런 모순이 없다. 오직 새로운 존재의 탄생이나 동물적 자아와 이성적 의식의 새로운 관계가 형성되었음에 지나지 않는다.

만일 우리가 다른 존재의 자아도 자신과 같다거나 고통이 자신을 위협하고 있다거나 생존이라는 것이 완만한 죽음에 지나지 않는다는 사실을 안다면, 우리는 이미 해체되기 시작한 자아 속에 생명을 의지할 수 없게 된다. 그러면 우리는 필연적으로 우리 자신을 눈앞에 전개된 새로운 생활 속에 맡기지 않으면 안 된다. 그리고 여기에 모순이 없다는 것은 마치 스스로 썩어가는 씨앗에 모순이 없기에 싹이 나는 것과 같다.

#11

이성, 인간이 인정한 법칙

인생은 이성의 법칙에 따라 완성되어야 한다

이성이란 인간이 인정한 법칙이며, 인생은 이 법칙에 따라 완성되어야 한다.

합리적 의식 속에 나타난 사람의 참된 생활은 동물적 자아가 행복을 부정할 때 비로소 시작된다. 그리고 동물적 자아가 행복을 부정하기 시작하는 때는 합리적 의식에 눈을 뜰 때다.

그렇다면 합리적 의식이란 무엇인가? 요한복음 첫머리에 보면 말씀, 로고스(logos : 이성 · 예지 · 말씀)가 천지가 창조되기 전부터 있었고, 모든 것은 말씀을 통해 생겨났다는 말이 있다. 이에 따르면 다른 모든 것을 정의하는 이성은 다른 어떠한 것에 의해서도 정의되는 일이 없다. 즉, 이성은 정의 내릴 수 없으며 우리 또한 이성을 정의할 아무런 이유가 없다. 왜냐하면 우리는 모두 이성을 알고 있을 뿐만 아니라 이성밖에 알고 있는 것이 없기 때문이다.

이성, 인간을 하나로 묶을 수 있는 유일한 기초

우리는 사람들과 사귈 때 무엇보다도 우리에게 공통된 보편적인 이성의 구속력이 필요하다는 사실을 잘 안다. 우리는 이성만이 인간을 하나로 묶을 수 있는 유일한 기초라는 것을 확신한다. 그렇기 때문에 우리는 이성에 대해 무엇보다도 정확하게, 무엇보다도 제일 먼저 알아차린다고 할 수 있다. 우리는 이성을 알고 있다. 아니, 알지 않을 수 없다. 왜냐하면 이성은 합리적인 존재인 사람들이 생활해나가는 데 반드시 필요한 법칙이기 때문이다. 이성은 동물의 경우 동물이 자라서 번식하기 위해 따르지 않으면 안 되는 법칙, 식물의 경우에는 나무와 풀이 자라서 꽃을 피우기 위해 따라야 할 법칙, 우주의 경우에는 지구나 다른 행성들이 운행하기 위해서 따르지 않으면 안 되는 법칙과 같은 것이다.

그리고 우리가 내면에서 생활 법칙으로 받아들이는 법칙은 우주의 온갖 외적 현상이 행해지는 데 필요한 법칙과 똑같은 법칙이다. 다만 차이가 있다면 생활 법칙은 우리 자신이 실현해야 하는 것이지만, 외적 현상은 우리와 관계없이 법칙에 따라 행하지 않으면 안 되는 것이라고 인정한다는 점이다. 우리가 세계에 관해서 알고 있는 모든 것은 우리 눈에 보이는 천체에 동물계, 식물계, 그 밖의 전 세계에서 행해지고 있는 이성에 대한 복종에 불과하다. 우리가 보는 외부 세계는 이성의 법칙을 따른다. 그러나 우리 내부에서는 이 법칙을 스스로 행해야 될 규범으로 받아들이고 있다.

육체를 이성에 복종시키는 것

인생에 관한 그릇된 견해는 우리가 행하는 행위 자체에 있는 것이 아니라 단지 눈으로 본 것에 불과한, 즉 동물적 육체로서 자아 법칙에 따라 사는 것을 인생인 것처럼 생각하는 데에서 비롯된다. 그러나 합리적 의식이 결부된 우리의 동물적 육체의 법칙은 마치 나무, 수정체, 천체에서 행해지고 있는 것과 마찬가지로 우리 육체 속에서 무의식적으로 행해지고 있다. 이에 반해 동물적 육체를 이성에 복종시키는 것은 어디에서도 보지 못할뿐더러 또 볼 수도 없는 법칙이다. 왜냐하면 그것은 아직 완성되어 있지는 않지만 생활 속에서 실현되기 때문이다.

행복을 얻기 위해 동물적 육체를 이성의 법칙에 복종시키는 것에 우리의 참된 생활이 이루어진다. 동물적 자아를 이성의 법칙에 복종시킴으로써 우리의 행복과 생명이 이루어진다는 것을 이해하지 못하고 자신의 동물적 자아의 존재와 행복을 인생 전부라고 간주하는 사람들이 있다. 이는 참된 행복과 참된 생명을 스스로 포기한 것으로, 이러한 사람들은 동물적 활동을 하는 존재로 간주된다.

#12

지식의 배반

행복보다는 인간의 존재 연구에만 몰두하는 사람들

옛날부터 사람들은 동물적 자아 속에서 작용하는 법칙을 생활의 법칙이라고 생각하는 오류에 빠져 있었으며 지금도 이 오류를 되풀이하고 있다. 이 오류는 사람들에게 그들 지식의 주요한 목적, 즉 인생의 행복을 달성하기 위해서 동물적 자아를 이성에 복종시켜야 한다는 것을 놓치게 했다. 그 대신에 참된 생활의 행복을 달성하기 위해서 인간의 동물적 자아를 이성의 법칙에 복종시키는 일과는 아무런 관계도 없는, 인간의 동물적 자아의 행복이나 그 존재 자체를 연구하는 데 몰두하도록 했다.

그릇된 인식으로 말미암아 사람들은 지식의 주요 목적을 도외시하고 과거와 현재에 이르는 인간의 존재 연구와 일반적인 동물로서 인간 생활의 조건 연구에 힘을 기울였다. 이러한 연구에서 인간 생활의 행복에 대한 지침을 발견할 수 있으리라 생각한 것이다.

지식의 주된 목적과 인간의 행복을 위한 노력

그릇된 지식을 가진 학자들은 이렇게 말한다.

"인류는 예전에도 존재했고 지금도 존재한다. 인류가 어떻게 살아왔으며 시간과 공간 속에서 생존하는 동안 어떤 변화를 겪었으며, 앞으로 어떤 방향을 향해 나아가는지를 살펴보아야 한다. 우리는 그들이 살아온 역사적 변화에서 생활의 법칙을 발견할 수 있을 것이다."

그릇된 지식을 가진 사람들은 지식의 주요 목적, 즉 인간의 자아가 행복을 위해서 마땅히 따라야 할 합리적 법칙을 연구하는 일은 헛된 일이라고 선언한다. 만일 인간이 동물적 존재의 일반 법칙에 따라서 변화해온 존재에 불과하다면, 인간이라는 존재를 지배하는 법칙을 연구하는 일은 전혀 이익이 없을뿐더러 아무런 의미도 없을 것이다. 사람들이 자기 존재의 변화에 관한 법칙을 알든 모르든 이 법칙은 일어난다. 마치 두더지나 바다표범의 생활에서 일어나는 변화가 그 동물들을 지배하는 여러 조건에 따라 일어나는 것과 같다. 그러나 우리가 인간 생활을 영위해나갈 합리적 법칙을 알 수 있다 하더라도 이성의 법칙에 관한 지식은 그 법칙을 적용하는 곳, 즉 합리적 의식 이외에는 어디에서도 찾아낼 수 없다. 따라서 사람은 동물로서 인간이 어떻게 생존해왔는지를 아무리 깊이 연구하더라도 인간 생존에 관한 지식 없이는 인간 내부에서 자연히 일어나는 현상들을 결코 알 수 없을 것이다. 또 인간의 동물적 존재를 연구하더라도 인생의 행복을 위해서 동물적 존재가 따라야 할 법칙을 절대로 알아낼 수 없을 것이다. 이것이 곧 역사학이나 정치학으로 인생을 연구하려는 학자들이 도달해야 할 결론이다.

일반화된 인간 연구의 접근법

오늘날 일반화된 범주에서 이루어진 연구에서 다음과 같은 추론 과정을 알 수 있다.

인간을 관찰 대상으로 연구한 결과 인간도 다른 동물과 마찬가지로 영양을 섭취하며 자라고 번식하다가 늙어서 죽는다는 것이다. 하지만 이런 추론에서 어떤 현상, 연구자들의 표현에 의하면 매우 복잡한 정신적 현상이 정확한 관찰을 방해한다고 한다. 따라서 인간을 깊이 있게 연구하기 위해서는 좀 더 단순한 현상에서 인간 생활을 관찰해야 한다. 즉, 정신 활동을 하지 않는 동물과 같은 입장에 서지 않으면 안 된다.

동식물을 연구한 결과 우리는 좀 더 단순한 물질의 법칙을 찾아낼 수 있었다. 동물의 법칙은 인간의 법칙보다 단순하고, 식물의 법칙은 동물의 법칙보다 단순하며, 물질의 법칙은 이보다 더 단순하다. 때문에 가장 간단한 물질의 법칙 위에 연구의 기초를 두어야 한다. 그 결과 동식물에서 일어나는 현상은 인간에게도 반드시 일어난다는 것을 알 수 있었다. 즉, 인간에게서 일어나는 모든 현상은 가장 단순한 물질 속에서 일어나는 것으로 설명이 가능하다.

인간 탐구를 진행함에 따라서 인간 활동의 모든 특질이 물질 속에서 작용하는 힘과 늘 긴밀한 관련을 맺고 있음을 알 수 있다. 인체를 구성하는 물질의 변화는 인간 생활 전체에 작용하는 것이다. 이러한 관점에서 연구자들은 물질의 법칙이 인간 활동의 근본이라고 결론 내렸다.

물론 연구자들은 동물이나 식물, 물질 등에서 찾아볼 수 없는 무언가가 있다는 것을 인정했지만, 이 점에 대해서는 크게 개의치 않았다. 하지만 이것이야말로 진정한 연구 대상으로, 이것을 제외하면 모든 것이 무의미해진다.

인체 내에서 물질의 변화가 인간의 활동을 침범한다 하더라도 그것은 단순히 물질의 변화가 인간의 활동에 영향을 주는 원인 중 하나라는 사실을 보여주는 데 지나지 않는다. 그러므로 물질의 활동이 인간 활동의 원인이라는 증거가 되지 않는다. 그들은 무생물이나 식품과 동물 속에서 일어나는 여러 법칙이나 이에 따르는 현상을 설명함으로써 인생을 설명할 수 있는 것처럼 믿고 있다.

인간 생활, 즉 인류의 행복을 위해서 동물적 자아를 복종시켜야 하는 법칙을 이해하려는 사람들은 인간 생활을 보지 않고 역사적 존재를 연구하거나 동물 · 식물 · 물질의 여러 법칙을 연구한다. 즉, 그들은 자신들이 추구해야 할 미지의 목적을 찾으려고 잘 모르는 대상의 상태를 연구하는 사람들처럼 상투적인 방법을 사용해 똑같은 일을 하고 있다.

눈으로 확인할 수 있는 지식이 아무리 많다고 한들

밖으로 드러나는 현상이나 인간의 역사에 대한 지식이 우리에게 가르치는 바가 많은 것은 사실이다. 그와 마찬가지로 인간의 동물적 자아, 다른 동물의 생활에서 찾아볼 수 있는 법칙, 물질의 법칙을 연구하는 일도 우리에게 큰 도움이 된다. 이러한 모든 연구는 생활에서 필연적으로 행해지는 것을 거울에 비치는 것처럼 명확하게 나타내 주기 때문에 사람들에게는 매우 중요하다. 그러나 우리가 눈으로 확인할 수 있는 지식이 아무리 많다고 해도 그것이 우리에게 중요한 지식, 즉 참된 행복을 위해 동물적 자아를 종속시켜야 하는 법칙에 관한 지식을 주지는 못한다.

법칙에 관한 지식은 우리에게 도움을 주기는 하지만 그것은 동물적 자아를 종속시켜야 할 이성의 법칙을 인식할 경우에만 유용한 것이다. 그 외에는 아무 소용이 없다.

인생은 삶의 여러 문제를 해결하는 일들로 이루어져 있다

사람이 아무리 동물적 자아를 지배하는 법칙과 물질을 지배하는 법칙을 잘 안다고 해도 그 법칙이 삶의 문제들을 해결해주지는 않는다. 이를테면 그가 손에 들고 있는 한 조각의 빵을 아내에게 줄 것인지, 다른 사람에게 줄 것인지, 개에게 줄 것인지, 자기가 먹을 것인지, 아니면 그대로 둘 것인지, 그도 아니면 구걸하는 사람에게 줄 것인지를 결정하는 데 어떠한 도움도 주지 않는다. 그런데 인간 생활은 이러한 문제들을 해결하는 일들로 이루어져 있다.

동식물과 물질의 존재를 지배하는 법칙에 대한 연구는 인생의 법칙을 밝히는 데 없어서는 안 될뿐더러 오히려 매우 유용하다. 그러나 이 연구는 인생에 대한 지식의 중요한 주제, 즉 이성의 법칙에 대한 해명을 목적으로 삼을 때에만 해당되는 것이다.

그런데 만일 인간의 생활을 단순히 동물적 생존에 불과하다고 보고 합리적 의식에서 비롯되는 행복 따위는 있을 수 없다고 생각한 나머지 이성의 법칙을 환영幻影에 지나지 않는다고 가정한다면, 이러한 연구는 무의미할뿐더러 인간에게 큰 해를 끼치게 된다.

이는 지식의 유일한 목표를 지워버리고 객관적인 사물 연구로 그 물체를 알 수 있다는 오류에 사람들을 빠뜨리는 것이다. 이러한 연구는 마치 생물의 운동 원인을 그림자의 변화나 운동 속에서 찾아야 한다고 생각하고 생물의 그림자 변화나 운동만을 열심히 관찰하는 사람의 행동과 매우 흡사하다고 할 수 있다.

#13

보고 싶은 것만 보는 눈

참된 지식은 아는 것을 안다고 하고, 모르는 것은 모른다고 하는 것

그릇된 지식의 원인은 대상을 파악하는 잘못된 원근법에 있다.

공자는 "참된 지식은 아는 것을 안다고 하고, 모르는 것은 모른다고 하는 데 있다"라고 말했다. 그릇된 지식은 모르는 것을 안다고 하고, 아는 것을 모른다고 하는 데 있다. 그리하여 우리는 그릇된 지식에 대해서 더 이상 정확한 정의를 내릴 수 없다. 오늘날에는 모르는 것을 안다고 하고, 가장 잘 아는 것을 모른다고 말하는 사람들이 많다.

잘못된 원근법으로 사물을 이해한다면

그릇된 지식을 가진 사람은 이 세상에 나타나는 삼라만상에 대해서는 잘 알고 있지만 합리적 의식으로 그 자신이 깨우치는 명확한 일에 대해서는 마치 알지 못하는 것처럼 여긴다.

이러한 사람에게는 일반적인 행복과 자신의 행복은 가장 어려운 문제처럼 생각된다. 그나마 알 수 있는 것은 동물로서의 자기 자신이다. 이보다 좀 더 쉬운 것은 동식물이다. 그리고 가장 알기 쉽다고 여기는 것은 무생물, 즉 무한히 흩어져 있는 물질이다.

이와 비슷한 일이 인간의 시각에도 나타난다. 인간은 항상 무의식적으로 가장 멀리 있는 하늘, 지평선, 들판, 숲 같은 대상에 시선을 돌린다. 이들 대상은 빛깔도 윤곽도 극히 간단하게 보인다. 그리고 멀면 멀수록 더 또렷하고 단순하게 생각되고 가까우면 가까울수록 윤곽이나 빛깔은 더욱 복잡하게 보인다.

만일 인간이 물체의 거리를 결정하는 방법을 몰라 원근법에 따라서 물체를 배열해보지도 않고 윤곽과 색깔이 더 단순하고 명확한 물체만을 가장 선명한 대상물로 인정한다면 무슨 일이 일어날까? 인간에게 제일 단순하고 명확하게 생각되는 대상은 저 무한한 하늘이며, 그보다는 덜 분명하게 보이는 것은 지평선이며, 그보다 조금 덜 뚜렷하게 보이는 것은 빛깔과 윤곽이 복잡한 집이나 나무 따위이고, 이보다도 더 분명하지 않게 보이는 것은 자기 눈앞에서 움직이는 손발이며, 더욱 막연하게 여겨지는 것은 광선일 것이다.

인간의 그릇된 지식도 이와 같이 설명할 수 있지 않을까? 사람에게 명백한 합리적인 의식이 단순하지 않기 때문에 우리는 그것을 알기 어려운 것으로 생각한다. 반면에 이해하기 어려운 무한하고 영원한 물질은 너무 멀리 떨어져 있어 단순하게 보이기 때문에 가장 알기 쉬운 것으로 생각하는 것이다.

그런데 사실은 이와 정반대다. 모든 사람은 자기가 찾고 있는 행복에 대해 무엇보다도 잘 알고 있다. 이와 마찬가지로 모든 사람은 자신에게 행복을 깨닫게 해주는 이성에 대해서도 잘 알고 있다. 또 이성에 종속되는 자신의 동물적 자아에 대해서도 안다. 그래서 시간과 공간 속에 나타나는 그 밖의 모든 현상을 볼 수 있지만 알 수는 없다.

자기 행복을 위해 이성의 법칙을 좇아야 하는 존재

그릇된 인생관을 가진 사람들은 물체가 공간과 시간에 한정되어 있을수록 자신이 그것을 더 잘 알 수 있는 것처럼 생각한다. 그러나 사실 우리는 시간과 공간에 제한되지 않는 것, 즉 행복과 이성의 법칙만을 충분히 알 수 있을 뿐이다. 외부 세계에 대한 우리의 인식은 자극이 적으면 적을수록 그것을 알 수 있는 기회도 적다. 따라서 공간과 시간에 엄격히 한정된 사물일수록 알기 어려운 것이다.

인간의 참된 지식은 자기의 개성, 동물적 자아로 얻어진 것에 불과하다. 그런데도 사람들은 행복을 갈망하고 이성의 법칙에 따르는 자신의 동물적 자아를 철두철미하게도 자아가 아닌 전혀 다른 부분에서 이해한다. 실제로 사람은 자기 안에 있는 동물적 자아에 대해 잘 알고 있다. 사람이 자신을 잘 아는 것은 자신이 어떤 공간적 또는 시간적 존재이기 때문이 아니다. 그보다는 자신의 행복을 위해 이성의 법칙을 좇아야 하는 '그 무엇'이기 때문이다.

사람은 시간과 공간을 초월한 그 무엇으로서 자신이 동물적 자아 속에 있다는 사실을 알고 있다. 그는 시간과 공간에서 자기 위치에 관해 스스로 질문한다. 이때 무엇보다 먼저 생각하는 것은 자신이 무한히 계속되는 시간의 한복판에 서 있다는 것과 동시에 막막한 공간의 중심에 서 있다는 느낌이다. 그리하여 인간은 시공을 넘는 자기 자신에 대해서 실제 알고 있다. 하지만 자아는 이 이상의 실제적인 지식을 가지고 있지 않다. 사람은 자신의 자아 외에는 다른 사물에 대해 알지 못한다. 단지 외적이고 형식적인 방법으로 관찰하고 정의할 수 있을 뿐이다.

광대한 우주 안에 존재하는 것들

인간은 시간과 공간 사이에 있는 자기를 다른 존재와 관련지어 생각한다. 그리고 외적인 관찰을 통해 자기 자신에 관한 내적 지식과 결부한다. 여기에서 일반적으로 다른 모든 사람과 가장 흡사한 인간으로서 자기 자신에 대한 관념을 얻게 된다. 자기에 관한 이러한 조건적인 지식을 바탕으로 다른 사람을 바라보고 어느 정도 외적 관념을 얻는다. 그러나 그들을 완벽하게 아는 데까지는 이르지 못한다.

우리는 다른 사람에 대해 완벽하게 이해할 수 없다. 그 이유는 세상을 살아가면서 오직 한 사람만 보는 것이 아니기 때문이다. 그뿐만 아니라 아직 한 번도 본 적이 없고, 앞으로도 볼 수 없는 사람들이 현재에도 있고, 과거에도 있었으며, 또 미래에도 있을 것이다.

우리는 저편, 아주 멀리 떨어진 곳에 우리와 다른 존재가 있음을 본다. 만일 우리가 일반적인 인간에 대한 지식이 없었다면 이들 존재를 이해하지 못했을 것이다. 그러나 이 지식이 있고, 자기의 이성적 의식을 인간이라고 하는 개념에서 자기의 합리적 의식으로 추론하기 때문에 동물에 관해서도 어느 정도 개념을 얻을 수 있다. 그러나 이 개념은 사람에 관한 개념처럼 우리에게 알기 쉬운 것이 아니다. 우리는 살면서 앞으로도 수없이 많은 종류의 동물을 보게 될 것이다. 하지만 그 수가 많아지면 많아질수록 동물들을 완벽하게 파악할 가능성은 상대적으로 적어진다.

우리는 동물보다 먼 곳에 있는 식물들을 본다. 이 식물들 역시 세계에서 현상의 범위가 넓으면 넓을수록 그것에 관한 지식을 얻는 것은 더 불가능해진다. 그리고 더욱 멀리 떨어진 곳에 있는 생명이 없는 물체, 이제는 거의 구별하기 어려운 물질의 형태를 보게 된다. 우리는 이러한 물질을 아주 조금밖에 이해하지 못한다. 우리는 물질의 형태에 관한 지식을 명확히 갖추지 못했기 때문에 물질을 알 수 없고, 그저 상상할 뿐이다. 하물며 우리는 물질이 공간적으로나 시간적으로 무한한 것이라고 생각하고 있지 않은가.

14

사물의 인식

단순한 말은 때와 장소에 상관없이 이해된다

-개가 아프다. 송아지는 순하다. 그이는 나를 사랑한다. 새는 즐거워한다. 말이 겁먹었다. 그리고 착한 사람, 사나운 짐승…….

이러한 말만큼 알기 쉬운 말이 또 있을까? 더구나 이런 말들은 시간과 장소에 따라 결정되는 것이 아니다. 오히려 현상에 종속된 법칙은 우리가 이해하기 어렵다. 현상에 따르는 법칙일수록 시간과 공간에 의해 점점 더 정확히 한정된다. 지구, 달, 태양의 운행을 책임지는 인력의 법칙을 누가 충분히 이해하고 있다고 말할 수 있을까? 그러나 일식日蝕은 시간과 공간에 따라 가장 정확하게 결정되고 있지 않은가?

동물적 자아에 관련된 지식과 이해

우리가 잘 알고 있는 것은 단지 우리의 생활과 행복에 대한 갈망, 행복을 우리에게 가르쳐주는 이성뿐이다. 그다음으로 우리가 확실히 알고 있는 것은 우리의 동물적 자아, 즉 행복을 갈망하고 이성의 법칙에 따르는 지식이다. 동물적 자아에 관한 지식이라면 이미 보았거나 접촉했거나 남몰래 훔쳐본 것도 포함된다. 하지만 우리의 이해력이 미치지 않는 시간과 장소라는 조건도 부수적으로 따른다. 여기에 우리가 확신할 만한 지식은 우리에게 공통된 행복의 갈망, 합리적 의식을 인정하는 동물적 자아에 관한 것이다. 자아로서 생활이 행복에 대한 갈망과 이성의 법칙에 다가가면 다가갈수록 우리는 지식을 더욱 확실하게 알게 된다. 하지만 시공간적 제약 속에서 나타나는 거리가 크면 클수록 우리는 그만큼 모를 수밖에 없다.

동물과 식물 그리고 물질

우리가 인간 다음으로 잘 아는 것이 있다면 동물에 관한 지식이다. 우리와 마찬가지로 동물도 행복을 위해 노력한다는 것을 알고 있다. 그러나 동물에게서 이성적 의식 같은 것을 찾아볼 수 없으므로 동물과 의사소통을 할 수는 없다.

동물 다음으로 식물을 들 수 있다. 식물에게서는 우리와 같은 행복에 대한 갈망을 찾아보기가 어렵다. 식물은 주로 우리에게 시간적 · 공간적 현상으로서 나타난다. 따라서 우리의 인식으로 이해하기 어려운 대상이다. 우리가 식물에 대해 아는 것은 식물 속에서 우리의 동물적 자아와 유사한 개성을 찾아볼 수 있기 때문이다. 즉, 식물도 우리와 마찬가지로 행복을 갈망하고 시간과 공간이라는 조건 아래서 나타나는 법칙을 따른다.

동물이나 식물보다 우리의 지식으로 알기 어려운 것은 인격이 없는 물질이다. 물질에서는 우리의 자아와 비슷한 것을 찾아볼 수 없다. 행복에 대한 갈망도 찾아볼 수 없다. 단지 물질이 따르는 이성의 법칙이라는 시간적 · 공간적 현상만 볼 수 있다.

지식의 진실성은 어떤 시간 및 공간에서 사물을 관찰했는지의 여부와 관련되어 있지 않다. 오히려 사물의 현상은 시간적 · 공간적으로 관찰하기 쉬우면 쉬울수록 이해하기는 더 어렵다.

세계에 관한 우리의 지식은 행복을 갈망하는 우리 마음의 의식과 행복하기 위해 동물적 자아를 이성에 종속시켜야 한다는 의식에서 비롯된다. 만약 우리가 동물의 생활을 안다면, 이는 단지 우리가 동물에게도 행복의 갈망이 있다는 것뿐 아니라 동물도 유기체의 법칙으로 나타나는 이성의 법칙에 따라야 한다는 필연성을 인정한다는 의미다.

또 우리가 물질을 안다고 하면, 그것은 물질의 행복이 우리가 이해할 수 없는 것임에도 우리 안에서 일어나는 것과 같은 현상, 즉 물질을 지배하는 이성의 법칙에 따라야 한다는 필연성을 인정하기 때문이다.

결론적으로 지식은, 이성의 법칙을 따름으로써 얻어지는 행복에 대한 갈망이 진정한 삶이라는 우리의 지식을 다른 사물에 적용함으로써 얻을 수 있는 것이다.

그렇다고 동물을 지배하는 법칙으로 우리 인간을 모두 다 알 수 있는 것은 아니다. 우리 속에서 인정하는 법칙에 의해서만 동물을 알 수 있다. 더구나 우리는 물질현상으로 파악한 생활의 법칙으로는 우리 자신을 알 수 없다.

세상을 나누는 세 가지 카테고리

우리가 외부 세계에 대한 지식을 갖는 이유는 우리가 자신을 알고, 자기 자신 속에서 세계에 대한 세 가지 다른 관계를 발견하기 때문이다.

세 가지 다른 관계란 첫째, 세계에 대해 합리적 의식을 갖는 관계이고 둘째, 세계에 대해 동물적 자아를 갖는 관계이며 셋째, 동물적 육체에 속해 있는 물질의 관계이다. 우리는 자기 속에 이 세 가지 다른 관계가 있음을 안다. 따라서 우리가 세계에서 보는 삼라만상은 항상 서로 다른 세 가지 카테고리로 분류할 수 있다. 즉, ① 합리적 존재 ② 동물과 식물 ③ 무생물이 그것이다.

사람은 언제나 세계 속에서 이 세 가지 카테고리를 보게 되는데, 그 이유는 우리 자신 속에 이 세 가지 지식의 대상을 포함하고 있기 때문이다. 우리는 자신을 ① 동물을 지배하는 합리적 의식 ② 합리적 의식에 따르는 동물 ③ 동물에 따르는 물질로 알고 있다.

동물의 세계도
이미 우리가 알고 있는 것들의 반영일 뿐

일반적으로 생각하듯이 우리가 유기체의 법칙을 알 수 있다는 것은 물질에 속하는 지식에 의해서가 아니다. 우리가 합리적 의식으로 자기를 알 수 있는 것은 유기체의 법칙에 속하는 지식에 의해서도 아니다. 오히려 그 반대다. 무엇보다 우리는 자기 자신, 즉 우리의 행복을 위해서 자아를 종속시켜야 할 이성의 법칙을 알 수 있으며 또 알아야 한다. 그때 비로소 우리는 동물적 자아와 비슷한 다른 자아의 법칙과 자기에게서 멀리 있는 물질의 법칙을 알 수 있으며 또 반드시 알아야 한다.

우리는 자신을 알아야 하지만 또 아는 것도 오직 자신뿐이다. 우리의 관점에서 보자면, 동물의 세계는 우리가 이미 알고 있는 것들을 반영한 것에 지나지 않는다. 물질의 세계 역시 발명의 반영에 불과하다.

합리적 의식을 내다볼 수 있는 높은 의식의 부재

물질의 법칙이 특히 명료하게 받아들여지는 이유는 우리가 물질을 늘 변화 없이 일정하다고 생각하기 때문이다. 그리고 물질의 법칙이 일정하게 느껴지는 이유는 우리가 인식하는 생활의 법칙에서 물질의 법칙이 훨씬 멀리 떨어져 있기 때문이다.

유기체의 법칙도 역시 우리로부터 멀리 떨어져 있기 때문에 우리의 생활 법칙보다 단순하게 생각된다. 그러나 여기에서도 우리는 단지 법칙을 관찰할 뿐, 우리가 이행해야 하는 이성적 의식을 알듯이 그들 법칙을 알고 있는 것은 아니다. 우리는 동물적인 존재와 물질적인 존재 가운데 어느 쪽도 알고 있지 않다. 단지 관찰할 뿐이다. 우리가 분명히 알고 있는 것은 합리적 의식의 법칙이다. 왜냐하면 그것은 우리의 행복을 위해서 반드시 필요하고 우리는 합리적 법칙에 따라 생활하고 있기 때문이다. 합리적 의식을 객관적으로 볼 수 없는 이유는 그것을 관찰할 수 있을 만큼 높은 의식을 우리가 가지고 있지 못하기 때문이다.

합리적 의식이 우리의 동물적 자아를 종속시키는 것처럼, 그리고 동물적 자아가 물질을 종속시키는 것처럼 합리적 의식을 종속시키는 좀 더 높은 존재가 있다면 이 높은 존재야말로 우리의 합리적 생활을 관찰할 수 있을 것이다. 마치 우리가 동물적 존재나 물질적 존재를 보는 것처럼.

육체와 물질은 그 자체가 독립된 존재다

생명은 내부에 두 개의 존재 양식을 포함하고 있다. 즉, 동물이나 식물의 존재와 물질의 존재로 나누기 어렵게 결합되어 있다. 사람은 자신의 참된 생활을 스스로 누려나간다. 그러나 자신의 생활과 결부되어 있는 두 가지 존재 양식에는 참여할 수 없다. 인간을 이루고 있는 육체와 물질은 그 자체가 독립된 존재이기 때문이다.

이 두 개의 존재 양식은 마치 인간의 생활에 깃들여 있는 이전 세상의 생활과 같은 것이다. 다시 말해 이전 세상의 추억으로 우리 앞에 생각된다. 인간의 참된 생활에서 육체와 물질이라는 두 가지 존재 양식은 사람에게 활동에 필요한 도구와 재료를 제공한다. 하지만 활동, 즉 일 자체를 도와주지는 않는다.

자기 일에 필요한 도구와 재료를 연구한다는 것은 사람에게 유익하다. 우리는 도구와 재료를 잘 알면 알수록 일을 쉽게 할 수 있다. 우리의 생활 속에 깃들여 있는 두 개의 존재 양식에 대한 연구는 거울의 반영처럼 모든 존재물의 일반적 법칙, 즉 이성의 법칙에 종속해야 한다는 사실을 가르쳐준다. 그래서 동물적 자아를 이성의 법칙에 따르게 할 필요성을 확신시킨다. 하지만 우리는 일의 재료와 도구를 일 자체와 혼동해서는 안 된다.

사람이 아무리 삶을 연구한다고 해도 삶은 여전히 신비한 것으로 남아 있을 것이다. 사람이 인식할 수 없는 삶을 관찰만으로는 이해할 수 없기 때문이다. 그리고 영원한 시간과 공간에 언제나 가려져 있는 신비스러운 삶을 관찰해서는 자신의 의식 속에 펼쳐지는 삶을 도저히 알 수가 없을 것이다. 말하자면 모든 것에서 완전히 독립된 동물적 자아를 또 자신이 가장 잘 아는 이성의 법칙에 종속시킴으로써 이루어지는 참된 삶을 도저히 해명할 수 없을 것이다.

15

참다운 인간 생활

행복을 격렬하게 원할 때 살아 있음을 느낀다

사람은 동물적 자아를 이성의 법칙에 따르게 함으로써 이루어지는 행복에 대한 갈망으로 자신이 살아 있음을 느낀다. 이것 이외의 인생을 알지 못하고 알 수도 없다. 실제로 사람은 동물을 구성하는 물질의 법칙과 유기체의 최고 법칙을 따를 경우에 비로소 살아 있음을 인식한다.

물질의 어떤 결합 속에서 유기체의 몇 단계 높은 법칙이 종속 단계를 이룰 때, 우리는 이 결합 속에서 생명을 인정한다. 그러나 이 종속 관계가 시작되지 않았거나 끝났을 때에는 우리는 거기에서 동물적 생명을 인정할 수 없게 된다. 왜냐하면 이 물질을 기계적 · 화학적 · 물리적 법칙만이 작용하는 물질과 구별할 수 없기 때문이다.

이와 마찬가지로 우리는 다른 사람에게도 동물적 자아가 유기체의 법칙뿐만 아니라 더 높은 단계의 합리적 의식의 법칙에 따를 경우에만 비로소 살아 있다고 인식한다. 이성의 법칙에 대한 자아의 이와 같은 종속 관계가 없어지는 순간, 우리는 다른 사람이나 자기 자신 속에서 인간 생활을 인정하지 않게 된다. 그것은 마치 자체의 법칙만을 따르는 물질 속에서 동물 생활을 인정하지 않는 것과 같다.

생명을 이해하는 기준

인사불성, 정신착란, 자살 기도, 알코올중독, 히스테리 등을 일삼는 사람의 행동이 아무리 세고 거칠어도 우리는 그 사람을 온전한 사람으로 보지 않을뿐더러 생명 있는 존재로도 대하지 않는다. 단지 그 사람 속에 있는 생명의 가능성만을 인정할 뿐이다. 반면에 아무리 허약하고 제대로 거동할 수 없는 사람일지라도 그의 동물적 자아가 이성에 따르고 있다면 우리는 그를 생명 있는 사람으로 인정하고 그렇게 대접한다. 우리는 동물적 자아가 이성의 법칙에 따르고 있는지의 기준으로밖에 생명을 이해하지 못한다.

생명은 시간과 공간적 조건에 의해 결정된다

생명은 시간과 공간에 존재하긴 하지만 시간과 공간의 조건에 의해 결정되지는 않는다. 다만 동물적 자아를 이성의 법칙에 종속시키는 정도에 따라 결정된다. 생명을 시간적 · 공간적 조건으로 결정함은 사물의 높이를 잴 때 길이나 넓이로 측정함과 같은 이치다.

참된 인간적 생활과 동물적 자아의 생존 관계, 다시 말해 참된 생활과 시공간에 구속된 생활과의 관계는 평면에서 움직이면서 동시에 위를 향해 나아가는 물체의 운동과 같은 것이다. 위를 향해 나아가는 물체의 운동은 평면에서의 물체 운동과는 관계가 없다. 그 운동은 평면에서의 운동에 의해 증대되거나 감소될 수 없다. 인간 생활도 이와 마찬가지다. 참된 생명은 개체 속에 나타나지만 그 개체의 생존과는 관계가 없다. 즉, 그 개체의 생존에 의해 참된 생명이 영향을 받을 수 없다.

또한 인간의 동물적 자아를 구속하고 있는 시간과 공간의 조건은 합리적 의식에 대한 동물적 자아의 종속에서 성립되는 참된 생활에 아무런 영향을 줄 수 없다.

참된 생활은 행복을 누리는 활동이다

살기를 원하는 사람이라면 시간과 공간에 구속된 자신의 활동을 중지하거나 소멸시키지 않는다. 그러나 참된 생활이란 시간과 공간에 구속된 활동에 개의치 않고 동물적인 자아를 이성에 종속시킴으로써 행복을 누리는 활동이다.

다시 말해 동물적 자아를 이성에 종속시켜 더욱 큰 행복을 누리는 활동 속에서만 인간의 진정한 생활이 있다. 그리고 동물적 자아를 이성에 종속시키는 활동이 끊임없이 증대되지 않는 한, 인간의 생활은 눈에 보이는 수많은 시간과 공간을 향해 나아가는 생존에 불과하다.

두려움을 떨쳐내려면 생각을 바꿔야 한다

시간적 · 공간적 힘은 인생의 관념에는 용납되지 않는 한정적이고 유한적인 것이다. 그러나 이성에 따름으로써 생기는 행복을 갈구하는 힘은 향상력이며, 인생의 힘 그 자체다. 이 힘에는 시간과 공간적 한계가 공존할 수 없다.

사람에게는 생활이란 게 정지되거나 분열되는 것같이 여겨지지만, 이는 단지 의식의 속임수, 즉 외면적 감정의 속임수에 지나지 않는다. 참된 생활에는 정체나 동요가 없으며 또 있을 수도 없다. 우리가 인생에 대한 그릇된 시각을 가질 때 그렇게 보일 뿐이다.

이미 사람은 참된 생활을 누리기 시작했다. 동물적 생활보다 한층 높은 단계에 올라가 있다. 그 높은 곳에서 필연적으로 죽음으로 끝나게 될 자신의 동물적 존재의 환영을 내려다보고 자신의 존재가 사방으로 심연에 둘러싸여 있는 것을 본다. 그러나 사람들은 높은 단계로 비약한 것은 인간의 참된 생활이라고 인정하지 않고 그 높은 경지에서 자신의 눈앞에 펼쳐진 광경을 바라보고 그저 두려움에 벌벌 떤다. 자신을 그 높은 곳까지 끌어 올린 힘을 자신의 생명이라고 인정하고 자기 앞에 열린 길을 따라 나가는 대신, 높은 곳에서 자기 앞에 펼쳐진 광경에 겁을 낸 나머지 눈앞의 낭떠러지를 보지 않으려고 일부러 아래로 내려와서 되도록 낮은 곳에 자리를 잡으려고 한다. 그러나 이성적인 힘이 다시금 그를 높은 곳으로 들어 올린다. 그러자 그는 다시 겁을 집어먹고 거기서 눈을 돌리려고 땅 위에 엎드려버린다.

이러한 급격한 상승 운동에 대한 공포에서 벗어나려면 생각을 바꿔야 한다. 평면에서의 운동, 즉 공간적 · 시간적 생존만이 생활의 전부가 아니며, 자신의 생활은 오직 위로 향하는 운동에 있다고 여겨야 한다. 그리고 이성의 법칙에 동물적 자아를 종속시키는 데서만 행복과 생명의 가능성이 높아진다는 사실을 깨달아야 한다.

사람들은 절벽 아래서 자기를 끌어 올릴 수 있는 날개를 가지고 있다. 이 날개가 없으면 사람은 결코 위로 올라갈 수 없고, 또한 심연 속을 굽어볼 수도 없다. 그러므로 자기의 날개를 믿고 그 날개가 끌어 올리는 방향으로 날아가면 된다. 다만 처음 얼마 동안에는 참으로 기이하게 여겨지는 참된 생활의 동요와 정지, 의식 분열과 같은 현상이 일어나는데, 이것은 모두 자기 신뢰가 부족해서 생기는 일이다.

참된 인간의 생활은 공간과 시간을 초월해서 이루어진다

시간과 공간에 따라 제한되는 동물적 존재 속에 자신의 생명이 있다고 생각하는 사람만이, 합리적 의식이 간혹 동물적 생존에서도 나타난다고 생각한다. 그 결과 그들은 언제, 얼마 동안, 어떤 상태에서 자기가 합리적인 의식의 지배를 받았을까, 하고 자문한다. 그러나 사람이 아무리 자기 과거를 곰곰이 생각해보아도 결코 합리적 의식이 나타난 순간을 찾아낼 수 없다. 그는 늘 그러한 일은 한 번도 없었거나 혹은 항상 존재한다는 식으로 생각한다. 만일 그에게 합리적 의식에도 시간적인 간격이 있었던 것처럼 여겨진다면, 그것은 그가 합리적 의식 생활을 참생활로서 인정하지 않았기 때문이다.

그러나 합리적 생활의 각성과 각성 사이에 간격이 있는 사람은 오직 자기의 생활을 동물적인 자아의 생활로 이해하는 사람들뿐이다. 자신의 생활을 있는 그대로, 합리적 의식의 활동으로 이해하는 사람에게는 그러한 간격이 있을 수 없다.

합리적 생활은 존재한다. 오직 그 하나만이 존재한다. 거기에는 1분간의 간격도, 수만 년의 간격도 없다. 왜냐하면 합리적인 생활에는 시간이라는 것이 없기 때문이다. 인간의 참된 생활은 자신의 자아를 이성의 법칙에 종속시킴으로써 달성해야 할 행복에 대한 갈망이다. 이성도, 이성의 종속 정도도 모두 공간이나 시간으로 결정되는 것이 아니다. 참된 인간의 생활은 공간이나 시간을 초월해서 이루어지는 것이다.

16

동물적 자아의 행복 부정

인생은 행복을 향한 욕망

인생은 행복을 향한 욕망이며, 행복을 향한 욕망이 곧 인생이다. 그리하여 사색하지 않는 사람들은 인간의 행복이 그 동물적 자아의 행복에 있다고 본다.

그릇된 과학은 인생의 정의에서 행복의 관념을 빼버리고 인생을 동물적 생존을 꾀하는 것으로 해석한다. 즉, 인생의 행복이 동물적 행복 속에만 있다고 인정하여 대중의 그릇된 견해와 일치하고 있다.

이러한 그릇된 견해는 자아, 즉 과학에서 말하는 이른바 개체성을 합리적 의식과 혼동하는 데서 생긴다. 합리적 의식은 그 속에 자아를 내포하고 있다. 하지만 자아는 합리적 의식을 내포하지 않는다. 자아는 동물이나 동물로서의 인간 본성이다. 이와 반대로 합리적 의식은 인간만이 갖는 본성이다.

이성 있는 인간은 자기만을 위해 살 수 없다

동물은 그저 자신의 육체를 위해서만 생활할 뿐이다. 그 무엇도 동물이 그렇게 살아가는 것을 훼방하지 않는다. 동물은 개체로서 자신을 만족시키고, 무의식적으로 종족에 봉사하며 자기가 개체임을 망각한다. 그런데 이성 있는 인간은 자기 육체를 위해서만 살 수 없다. 인간은 자신이 개체인 것을 알고, 다른 존재 역시 자기와 같은 개체라는 것을 알고 있으며, 이러한 개체와 개체의 관계에서 일어나는 모든 일을 잘 알고 있기 때문이다.

사람이 자기만의 행복을 생각하고 오직 자신만을 사랑한다면, 이는 다른 존재도 자기 자신만을 사랑한다는 것을 모르는 것이다. 그러나 만일 자신도 주위에 있는 다른 사람들처럼 자아와 욕구를 지닌 존재임을 안다면, 그는 합리적 의식에서 악으로밖에 비치지 않는 행복만을 갈망하지 않을 것이다. 그 결과 그의 생활은 개인적 행복을 꾀하는 것에 의의가 있다고 생각하지 않을 것이다.

동물적 욕구만 충족되면 행복해질 수 있다는 착각

때로는 동물적 자아의 욕구가 충족되면 행복해질 수 있는 것처럼 여겨질 때가 있다. 이와 같은 착각은 흔히 자기의 동물적 자아 속에서 일어나는 일을 합리적 의식의 활동 목적으로 간주하는 데서 생긴다. 이는 마치 꿈에서 깨고 난 뒤에도 꿈에서 본 바와 같이 행동하는 것과 같다.

이때 만일 잘못된 생각이 그릇된 가르침으로 지탱된다면, 그 사람 내부에서는 자아와 합리적 의식의 혼동이 일어날 것이다. 그러나 합리적 의식은 언제나 동물적 자아의 요구를 만족시키는 것이 참된 행복이 아니라는 것을 가르친다. 그리고 참된 행복은 인간에게 상응하는 생활, 다시 말해 동물적 자아 속에 머물러 있을 수 없는 생활로 이끌어갈 것이다.

개인의 행복을 부정하는 것은 미덕도 위대한 일도 아니다

흔히 개인의 행복을 부정하는 것을 위대한 일이며 인간의 미덕이라고 생각하고, 또한 그렇게 이야기하기도 한다. 그러나 개인의 행복을 부정하는 것은 미덕도 아니며 위대한 일도 아니다. 오히려 인간 생활의 불가피한 조건이다. 사람은 자기를 세상에서 떨어져 나온 한 개인으로 인식하는 동시에 다른 사람들 역시 세상에서 떨어져 나온 개인으로 인식한다. 이 상호 관계에서 자기 개인의 행복은 환상에 불과하고, 자기의 합리적 의식을 만족시킬 수 있는 행복만이 현실성을 가지고 있다고 인정한다.

동물에게는 자기 행복을 목적으로 하지 않는 활동, 즉 자기 행복에 어긋나는 활동은 삶의 부정에 해당된다. 그러나 인간에게는 정반대다. 자기만을 위하는 활동은 인간 생활을 완전히 부정하는 것이다.

생존의 비참함과 유한함을 가르쳐주는 합리적 의식을 갖지 못하는 동물에게는 개체적 행복과 개체로서 종족 보존이 삶의 최고 목적일 수밖에 없다. 그러나 이성을 지닌 인간은 저급한 동물적 생존의 단계에 머물러 있어서는 안 된다.

눈에 보이지 않는 것을 따른다는 것

자아라는 의식은 인간에게 삶 그 자체는 아니다. 하지만 자의식은 인간에게 동물적 자아의 행복과는 상관없는 참된 행복을 차츰 획득해나가는, 진정한 생활이 시작되는 지점이다.

오늘날의 인생관에 따르면, 인생이란 동물적 자아의 출생에서 죽음에 이르기까지 보잘것없는 시간이다. 그러나 이것은 인생이 아니다. 이는 단지 동물적 자아로서의 생존에 불과하다. 모름지기 인생이란 동물적 개체의 생존이라는 형태로 나타나기는 하지만 그것이 전부는 아니다. 마치 물질적 존재 속에 유기적 생명이 나타날 뿐 그것이 전부가 아닌 것과 같다.

사람은 무엇보다도 자아의 눈에 보이는 목적이 자기 생의 목적이라고 생각한다. 이들 목적은 눈에 보이므로 이해하기 쉬운 것처럼 여겨진다.

그런데 합리적 의식으로 제시되는 목적은 눈에 보이지 않기 때문에 사람들은 알 수 없는 것으로 생각한다. 게다가 인간은 눈에 보이는 것을 버리고 눈에 보이지 않는 것을 따르는 것에 두려움을 느낀다.

눈에 보이지 않는 의식만이 생명을 준다

세속의 그릇된 가르침에 물든 사람은 자신과 타인에게서 자연스럽게 찾아볼 수 있는 동물적 자아의 욕구를 간단명료한 것으로 생각한다. 반면에 눈에 보이지 않는 합리적 의식의 새로운 요구는 이와는 아주 상반된 것으로 여긴다. 저절로 이루어지는 것이 아니라 애써서 해야 할 이 실행은 무엇인지 복잡하고 불분명한 것처럼 보인다. 뚜렷이 눈에 보이는 인생관을 팽개치고 눈에 보이지 않는 의식을 따르는 것은 두렵고 내키지 않는다. 마치 갓난아이가 자기 출생을 느낄 수 있었다면, 이 세상에 태어날 때 무척 두렵고 끔찍하게 여겼으리라 생각하는 것과 마찬가지다. 그러나 눈에 보이는 동물적인 인생관은 반드시 죽음으로 이끄는 데 반해 눈에 보이지 않는 의식만이 생명을 주는 것이 분명한 이상, 아무리 두렵고 언짢더라도 따라야 하지 않겠는가?

17

동물적 자아는 인생의 도구

사람이 행복하려고 해도 불행하다고 느끼는 것은

어떠한 이론으로 논증하더라도 인간의 삶은 소멸해가는 것, 끊임없이 죽음으로 나아가는 것일 뿐이다. 동물적 자아 속에는 생명이 있을 수 없다는 분명한 진리를 어떠한 논리로도 감출 수 없다.

사람은 세상에 태어나 어린아이로 자라고 나이 먹어 죽을 때까지의 자신의 개인적 존재가, 최후에는 피할 수 없는 죽음으로 끝나고 마는 동물적 자아의 끊임없는 소모와 파멸에 지나지 않는다는 사실을 알아야 한다. 따라서 참된 자아의 확장과 불멸을 원하는 개인의 생활 의식은 끊임없는 모순과 고통에 시달릴 수밖에 없고, 또 악이 아닐 수 없다. 그렇기 때문에 사람이 살아가는 유일한 의미는 행복해지는 데 있음에도 자신이 불행하다고 느낀다.

자아의 행복을 부정해야 함을 피할 수 없다

인간의 참된 행복이 무엇으로 이루어졌든지 간에 동물적 자아의 행복을 부정해야 함은 도저히 피할 수 없다. 동물적 자아의 행복을 부정하는 것은 인간 생활의 법칙이다. 만약 이 법칙이 합리적 의식에 복종하는 형태로 표현되면서 자유로이 실행되지 않는다면, 이 법칙은 육체적 죽음에 임박하여 그 임종의 고통을 견디지 못한다. 오직 한 가지 간절한 소망, 죽어가는 괴로운 의식에서 벗어나 다른 새로운 존재가 되기를 원할 때 비로소 강제적으로 실행될 것이다.

마차를 끌어야 하는 말의 두 가지 선택

이 세상에 태어난 인간에게 일어나는 일은 마구간에서 끌려 나와 마구를 처음 짊어지는 말이 당하는 일과 비슷하다. 마구간에서 끌려 나온 말은 밝은 빛을 보고 자유로운 기분을 맛본다. 그리하여 말은 이 자유 속에 참된 생활이 있는 줄 안다. 하지만 곧 말은 마차를 끌어야 하며 등에 실린 무게를 느낀다. 말이 자유로이 달리는 것이 자신의 참된 생활이라고 생각한다면, 말은 몸부림치기도 하고 쓰러지기도 하여 때로는 상처가 생기기도 할 것이다. 설령 상처가 생기지 않는다 하더라도 그러한 처지에서 말이 벗어날 수 있는 길은 두 가지밖에 없다. 그 한 가지는 마차를 끌고 그대로 가는 것이다. 그렇게 하면 마차의 짐도 과히 무겁지 않고 마차를 끌고 가는 것이 고통스럽지 않을 뿐만 아니라 나중에는 즐거움임을 깨닫게 될 것이다. 그리고 다른 한 가지는 짐을 끌고 가라는 주인의 명령을 계속 거역하는 것이다. 그렇게 하면 말은 주인에 의해 방앗간으로 끌려가서 밧줄로 꽁꽁 묶인 채 어둠 속에서 끙끙대며 제자리를 고통스럽게 빙빙 돌아야 한다. 결국 이 경우에도 말은 싫어도 일을 끝내야 한다. 말하자면 말은 두 가지 중 어느 한쪽을 택할 것이다. 두 가지의 차이점은 전자는 자발적으로 기꺼이 일하는 데 반해 후자는 싫어하면서 억지로 일한다는 것이다.

끊임없는 의문

동물적 생존을 인간의 삶이라고 인정하는 사람들은 이렇게 말한다.

"자아는 도대체 무엇 때문에 존재하는 것인가? 인간이 참된 생명을 얻기 위해서는 행복을 부정할 수밖에 없는데!"

참으로 무엇 때문에 참된 생활의 구현을 가로막는 동물적 자아라는 의식이 인간에게 주어졌단 말인가?

이 의문에 대해서는 자기 생명과 종족 보존이라는 목적을 향해서 정진하고 있는 동물이 제기할 법한 질문으로 대답할 수 있다.

"내가 목적을 달성하기 위해서 싸우지 않으면 안 되는 물질과 기계적, 물리적, 화학적, 그리고 그 밖의 여러 법칙은 대체 무엇 때문에 있는 것인가? 만일 내 사명이 동물로서 살아가는 것이라면 내가 정복해야 할 이러한 장애물은 도대체 무엇 때문에 있는 것인가?"

동물적 자아는 목적을 달성하기 위한 수단

동물적 자아를 존속하기 위해 동물이 애써 처리해나가야 할 물질과 그 법칙은 장해가 아니라 동물이 자기 목적을 달성하기 위한 수단이다. 동물은 신진대사라는 물질의 법칙에 의해 살아간다. 인간 생활에 관해서도 이 같은 말을 할 수 있다. 인간이 자기 존재를 확인하는 동물적 자아, 다시 말해 합리적 의식에 종속되어야 하는 동물적 자아는 결코 장애물이 아니라 자기 행복이라는 목적을 달성하기 위한 수단이다. 동물적 자아는 인간이 활동하는 데 반드시 필요한 도구다. 이를테면 땅을 파기 위해 주어진 삽과 같다. 잘 닦아서 보존할 삽이 아니라 땅을 파나감으로써 무뎌지고 닳아지게 될 삽이다. 삽은 사용하기 위해 인간에게 주어진 재능이지 깨끗하게 보존하기 위해서 주어진 것이 아니다.

양식과 생명을 얻기 위한다면

"누구든지 제 목숨을 구원하고자 하면 잃을 것이요, 누구든지 나를 위하여 제 목숨을 잃으면 찾으리라."

성경에 나타나 있는 뜻은 멸망해야 하는 것, 끊임없이 멸망해가고 있는 것은 보존할 수 없으며, 우리는 멸망하지 않을 수 없는 동물적 자아를 부정함으로써 참된 생명, 즉 영원히 멸망하지 않을뿐더러 멸망할 리가 없는 생명을 이어받을 수 있다는 것이다. 게다가 우리의 참된 생명이 아닌 것, 참된 생명일 리 없는 것, 바로 동물적 존재를 생명이라고 보는 것을 멈출 때 비로소 참된 삶이 시작된다고 말하고 있다. 또 생명을 유지하는 양식을 얻기 위해서 가지고 있는 삽을 아껴서 보관하는 사람은 양식과 생명을 모두 잃을 것이라고 말하고 있다.

18

영혼의 탄생

생명을 얻으려면 새롭게 태어나야 한다

"내가 네게 거듭나야 하겠다 하는 말을 놀랍게 여기지 말라"라고 예수는 말했다. 이 말은 그 누군가 인간으로 태어날 것임을 명령했음을 의미하는 것이 아니라, 인간은 필연적으로 그렇게 되지 않으면 안 된다는 뜻이다. 생명을 얻기 위해서 인간은 합리적 의식 속에 새롭게 태어나지 않으면 안 된다.

사람에게 합리적 의식이 부여된 이유는 합리적 의식으로 이루어질 행복 속에서 삶을 찾아내도록 하기 위한 것이다. 이 행복 속에서 삶을 찾는 사람은 참된 삶을 가질 수 있지만, 이 행복 속에서가 아닌 동물적 자아의 행복 속에서 삶을 찾는 사람은 그 사실만으로 생명을 잃고 만다. 예수가 말한 인생의 정의는 이 한마디 말로 성립된다.

싹을 틔우기 위해 준비하는 씨앗처럼

개인적 행복을 구하는 것을 인생이라고 생각하는 사람은 합리적 의식 속에 새롭게 태어나야 한다는 말을 인정하지 않는 것은 아니나 이해한 것도 아니다. 아니, 이해할 수가 없는 것이다. 그들에게는 이 말이 전혀 의미가 없거나 극히 빈약한 의미, 혹은 어떤 감상적이고 신비적인 경향이 있는 것쯤으로 생각한다. 그것은 마치 메말라서 싹이 트지 못하는 씨앗이, 물기를 머금고 바야흐로 싹이 돋아 나올 것 같은 씨앗의 상태를 이해하지 못함과 같다.

말라버린 씨앗으로서는 곧 싹트려는 씨앗에게 내리쬐는 태양도 무의미하다. 단지 약간의 열과 빛을 더해주는 우연에 불과하다. 하지만 싹이 트기 시작한 씨앗에게는 태양이 생명 탄생의 원인이 된다. 동물적 자아와 합리적 의식의 내적 모순에 도달하지 못한 사람도 이와 마찬가지다. 그들에게는 이성이라고 하는 태양의 빛이 무의미한 우연에 불과하거나 감상적이고 신비적인 요소로밖에 보이지 않는다. 태양은 이미 생명이 싹트기 시작한 것에만 생명을 가져다주는데도 말이다.

이것은 결코 인간의 경우에만 해당하는 것이 아니다. 동물이나 식물에서도 생명이 언제, 어떻게, 어디서 생겨 나오는가 하는 것을 알아낸 사람이 오늘날까지 없다. 예수는 생명의 발생에 관해 이렇게 말했다. "생명의 탄생은 누구도 모른다. 아니, 알 수가 없다"라고.

사실 어떻게 생명 발생에 관해서 알 수 있겠는가? 생명은 인간의 빛이며 모든 것의 근원이다. 그런데 어떻게 사람이 생명의 태어남을 알 수 있겠는가? 사람에게 있어서 발생하거나 멸망하는 것은 살아 보지 않은 것, 즉 공간과 시간 사이에 나타나는 것뿐이다. 참된 생명은 실재實在이므로 사람에게 있어서 참된 생명은 발생할 수도 멸망할 수도 없는 것이다.

19

합리적 의식은 무엇을 요구하는가

행복을 얻는 것이 불가능하다는 것을 알면서도

합리적 의식은 인간에게 반박할 여지 없이 단호하게 선언한다. 인간이 개체로서 바라보는 현 세계의 조직에서는 개인을 위한 행복은 있을 수 없다고. 사람의 생명은 오직 자기 행복만을 얻으려는 욕망 그 자체인 것이다. 그리고 사람들은 이 행복이 불가능하다는 것을 인정한다. 이상하지 않은가? 사람들은 행복을 얻는 것이 불가능하다는 사실을 인정하면서도 여전히 있을 수 없는 이 행복, 말하자면 자기 한 몸만을 위한 행복을 찾아 살아가고 있으니 말이다.

아직도 동물적 자아를 합리적 의식 속에 종속시키지 못한 사람은 자살이라도 하지 않는 한 계속해서 불가능한 행복을 원하면서 살아간다. 결국 그가 살아서 움직이는 것은 자기 개인의 행복을 얻기 위해서다. 그가 살아감은 자기만이 행복하고 자기만이 즐겁게 살면서 일하기 위한 것이다. 동시에 자기만이 고통이나 죽음에서 벗어나려는 것으로, 결코 다른 사람이나 생물들이 살아서 활동할 수 있도록 하기 위함이 아니다. 놀라운 일이 아닌가? 자신의 경험과 주변을 둘러싼 모든 것의 생활에 관한 관찰과 이성이, 개인의 목적은 달성되기 어려울 뿐만 아니라 나 이외의 존재들 역시 자기 자신을 사랑할 뿐 다른 존재는 사랑하지 않는다는 사실을 가르쳐주고 있다. 그런데도 아직 각자의 생활은 오로지 재물, 권력, 명예, 영광, 아부, 호의 등의 수단으로 어떻게 해서든지 다른 생물이 그들 자신을 위해서가 아니라 자기 하나만을 위해서 살도록 하는 것이다.

수천 년 동안 풀리지 않았던 인생의 수수께끼

사람들은 개인의 행복이라는 목적을 달성하기 위해서 할 수 있는 한 무엇이든 해왔으며 또 현재도 하고 있다. 그와 동시에 그들은 자기들이 불가능한 일을 하고 있음을 알고 있다. 사람들은 자신에게 이렇게 말한다.

"사는 이유는 행복하기 위해서다. 내게 행복이란 모든 사람이 오직 나만을 자기 자신보다도 사랑해줄 때 비로소 가능한데, 모든 생물은 그저 자기만을 사랑한다. 이것만 보아도 그들로 하여금 나를 사랑하게 하는 모든 일은 헛수고다. 헛수고이기는 하나 나로서는 달리 어찌할 수 없다."

몇 세기의 시간이 흘러서야 인간은 천체 사이의 거리를 알았고,

행성의 무게를 추정했으며, 태양과 별의 성분을 밝히기도 했다. 그러나 개인적 행복의 욕구와 이를 부정하는 인류의 생활을 어떻게 조화시켜야 할 것인가 하는 문제는 수천 년 이전처럼 대다수 사람에게 그대로 남아 있다.

합리적 의식은 한 사람 한 사람에게 말한다.

"그렇다. 그대는 행복을 얻을 수 있다. 다만 모든 사람이 자기 자신보다 그대를 더 사랑할 경우에만 가능하다. 그러나 그것은 무리한 요구다. 왜냐하면 사람들은 모두 자기 자신만을 사랑하기 때문이다. 따라서 합리적 의식으로 깨달은 유일한 행복은 그 합리적 의식에 의해서 또다시 사라지게 되었다."

몇 세기의 세월이 경과해도 인생에 관한 수수께끼는 대다수의 사람에게 여전히 풀리지 않고 있다. 하지만 이 수수께끼는 아득한 먼 옛날에 이미 풀렸다. 이 수수께끼를 푼 사람들은 자기들이 무엇 때문에 이것을 풀지 못했는가를 이상하게 생각한다. 그뿐만 아니라 자신들이 수수께끼의 답을 이미 오래전에 알고 있었는데 단지 잠시 잊어버린 것처럼 느낀다. 그만큼 현대의 그릇된 가르침으로 풀기 곤란하다고 생각했던 수수께끼는 의외로 간단하게 풀렸으며 그 해답도 지극히 간단하다.

자기 자신보다 타인을 더 사랑할 때 비로소 행복을 얻을 수 있다

당신은 모든 사람이 당신을 위해 살고, 또 그들이 자기 자신보다도 당신을 더 사랑해주기를 바랄 것이다. 당신의 이 소망이 이루어질 수 있는 경우는 오직 하나뿐이다. 그것은 모든 사람이 다른 사람의 행복을 위해 살고 자기보다도 남을 더 사랑하게 될 때다. 그때 비로소 당신이나 다른 사람이 모든 사람의 사랑을 받고 당신도 다른 사람이 바라던 행복을 얻게 될 것이다. 모든 사람이 자기보다 남을 더 사랑할 때 비로소 당신의 행복이 이루어질 수 있다면, 하나의 생명을 지탱하고 있는 당신도 마땅히 자기보다 다른 사람을 더 사랑해야 하지 않을까?

오직 이러한 조건 아래서만 인간의 행복과 생활이 가능하다. 이때 비로소 인간 생활에 해악을 끼치는 요소들이 전멸된다. 즉, 생존경쟁, 참혹한 고통, 죽음의 고통 등이 뿌리째 뽑힐 것이다.

개인의 행복을 불가능하게 하는 세 가지

실제 생활에서 개인의 행복을 불가능하게 하는 것은 무엇일까? 첫째, 개인의 행복만을 추구하는 생존경쟁이다. 둘째, 인생의 낭비와 권태와 고통을 가져오는 외관상의 쾌락이다. 셋째, 죽음이다.

그러나 사람이 자신의 행복만을 추구하지 않고 오직 다른 사람의 행복을 위해 노력한다면 행복을 불가능하게 하는 요인은 소멸되어 인간은 실제로 얻을 수 있는 유일한 행복을 발견할 수 있다. 개인의 행복을 갈구하는 것이 인생이라는 관점에서 세계를 바라볼 때, 인간은 서로 멸망케 하는 비이성적인 투쟁을 목격할 뿐이다. 하지만 타인의 행복을 원하는 것이야말로 인생이라는 것을 안다면 전혀 다른 세계를 발견할 수 있다. 즉, 생존경쟁의 우발적인 현상과 더불어 같은 존재의 끊임없는 상호 협력이 없으면 세계의 존재 그 자체를 생각할 수 없다. 그러므로 서로 협력하기 위해 인간은 자기 생활을 다른 사람의 행복을 바라는 것으로 인정하기만 하면 된다.

이 사실을 인정한다면 우리가 결코 얻을 수 없는 개인의 행복에 힘을 기울였던 모든 어리석은 행동은 자신과 전 세계의 행복, 즉 도달할 수 있는 최대의 행복을 위한 활동으로 바뀌게 될 것이다.

개인의 생활을 비참하게 하고, 개인의 행복을 불가능하게 하는 두 번째 원인은 생명을 낭비하고 권태와 고통을 가져오는 외관상 쾌락, 즉 개인의 쾌락이다. 다른 사람을 행복하게 하기 위해 노력하는 것이 인생임을 안다면 쾌락에 대한 열망은 소멸하고 만다. 또 동물적 자아라는 밑 빠진 독에 물을 채우려는 헛되고 괴로운 일은 이성의 법칙과 일치하는 활동, 즉 자기와 다른 사람의 행복을 위해 필요한 활동으로 바뀔 것이다. 그리고 생명의 활동을 파괴하는 개인적 고통은 다른 사람의 행복을 자신의 행복으로 느끼는 감정으로 대치될 것이다.

개인의 생활을 비참하게 하는 세 번째 원인은 죽음의 공포다. 각 사람이 동물적 자아의 행복보다 다른 사람의 행복을 위해 노력하는 것이 인생임을 인정하기만 한다면 죽음이라는 괴물은 영원히 눈앞에서 사라질 것이다.

죽음의 공포는 그 육체의 죽음과 동시에 인생의 행복을 상실한다는 두려움에서 비롯된다. 만일 인간이 타인의 행복을 자기 행복이라고 생각한다면, 다시 말해 자기보다 남을 더 많이 사랑할 수 있다면, 자기 하나만을 위해서 사는 사람들과 달리 죽음 역시 행복과 생명의 단절이 아님을 알게 될 것이다. 왜냐하면 행복과 생명은 남에게 봉사한다고 해서 절대 소멸되지 않을뿐더러 오히려 봉사와 희생이 따를 때 더 커지고 강해지기 때문이다.

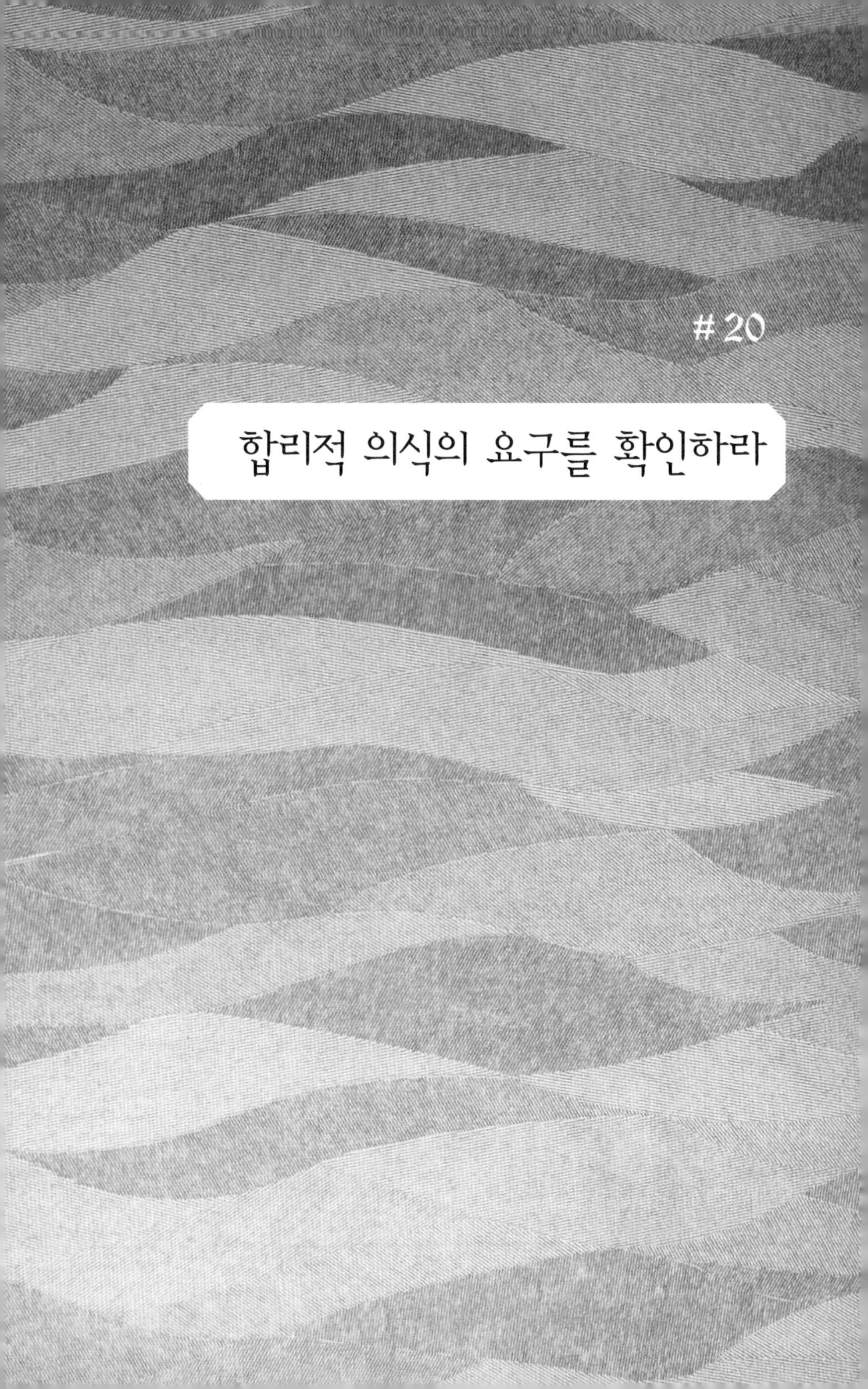

#20

합리적 의식의 요구를 확인하라

미혹에 빠진 사람의 의식과 합리적 의식의 갑론을박

미혹에 빠진 사람들은 이렇게 반박할지도 모른다.

"참된 인생과 행복이 만인에 대한 봉사와 희생에 있다는 것은 실제 삶이 아니다. 그것은 삶의 거부이며, 자살이다."

이에 대해 합리적 의식은 이렇게 대답한다.

"그런 일은 내 알 바가 아니다. 내가 알고 있는 인생이란 그렇게 사는 것이고, 그 이외의 인생은 없다. 그뿐만 아니라 나는 그런 생활이 모든 인류의 인생이며 행복이라는 사실을 알고 있다. 더구나 종전의 세계관에 따르면 나를 포함한 모든 사람의 생활이 악이며 무의미한 것이었으나, 이 견해를 따르면 인간의 마음속에 심어진 이성의 법칙이 실현되는 것임을 알 수 있다. 또한 나는 무한히 커져나갈 수 있는 각 존재의 최대 행복은 각 사람이 모든 사람에게 봉사하도록 하는 법칙, 따라서 한 사람 한 사람이 모든 사람에게 봉사하도록 하는 법칙에 의해서만 행복이 이루어질 수 있다는 사실을 알고 있다."

여기에 그릇된 지식에 현혹된 사람의 의식은 이렇게 대답한다.

"그것은 상상의 법칙이지 실제로 행할 수 있는 법칙이 아니다. 현재 사람들은 모두 자신을 사랑하는 것 이상으로 다른 사람을 사랑하지 않는다. 물론 나도 그들을 그들 자신만큼 사랑하지 않는다. 그리고 다른 사람을 위해 내 쾌락을 내던지고 고통을 감수할 수는 없다. 내게 이성의 법칙 따위는 필요 없다. 나는 오직 나만의 쾌락이 필요하고 고통에서 벗어나고 싶을 뿐이다. 또한 현재는 인간끼리 생존경쟁을 하는 마당이다. 나 혼자서만 남과 싸우지 않는다면 내가 남에게 밟혀 죽을 것이다. 모든 사람의 최대 행복이 어떠한 방법으로 달성되건 내 알 바가 아니다. 지금 나에게 필요한 것은 나 자신의 최대 행복이다."

이 말에 합리적 의식은 대답한다.

"나는 그것에 대해 아무것도 모른다. 내가 아는 것은, 그대가 말하는 쾌락이라는 것이 그대에게 행복을 주는 경우는 다른 사람이 그대에게 쾌락을 줄 때뿐이며, 그대가 자신을 위해 쾌락을 구하려고 하면 그 쾌락은 현재도 그렇듯이 권태와 고통밖에는 주지 않을 것이라는 사실이다. 그리고 그대가 실제 고통에서 벗어날 수 있는 길은 다른 사람이 그대를 그 고통에서 벗어나게 해줄 때뿐이다. 그대가 아무리 자기 힘으로 고통에서 벗어나려고 해도 절대 벗어날 수 없다. 또한 세상 사람들이 나만을 사랑해주고, 나는 나 자신만을 사랑하는 생활, 되도록 많은 쾌락을 나만 누리고, 고통과 죽음에서 나만 벗어날 수 있는 생활은 결국 내게 가장 큰 고통이고 끊임없는 고통이 되리라는 것을 알고 있다. 자신만을 사랑한 나머지 다른 사람과 많이 싸우면 싸울수록 저쪽에서도 역시 점점 적의를 품고 대항해 올 것이다. 그리고 고통을 피하려고 하면 할수록 고통은 심해질 것이다. 죽음에서 벗어나려고 하면 할수록 죽음에 대한 두려움은 더욱더 커지게 마련이다."

생명의 법칙은 상호 봉사다

사람은 무엇을 하든지 간에 생명의 법칙에 적응해서 생활하지 않으면 행복할 수 없다. 여기서 말하는 생명의 법칙이란 싸움이 아니고, 오히려 만물 간에 이루어지는 상호 봉사다.

"다른 존재의 행복 속에서 자기의 행복을 찾는 것은 불가능하다"라고 흔히 말한다. 하지만 다른 존재의 행복이 자기에게 행복을 주었던 경험을 모르는 자는 없다. "남을 위해서 일하거나 고통받는 가운데서는 행복을 생각할 수 없다"라고도 말한다. 하지만 사람은 한번 자비로운 감정에 몸을 맡기기만 하면 개인의 쾌락 같은 것은 곧 무의미해지고, 그의 생활은 다른 사람의 행복을 위한 노력과 고통으로 변한다. 그리하여 노력도 고통도 그에게는 행복이 된다. 또 사람들은 "남의 행복을 위해서 자기의 목숨을 희생할 수는 없다"라고 말한다. 하지만 사람은 한번 이 감정에 빠지면 죽음에 대한 공포 따위는 멀리 사라질 뿐만 아니라 죽음이야말로 자신이 얻을 수 있는 최고의 행복이라고 여기게 된다.

인류의 목적은 모든 존재를 이성에 눈뜨게 하여 하나로 결속하는 것

사람이 자기 행복을 갈망하지 않고 오직 다른 사람을 행복하게 하려고만 애쓴다면 그 사람의 생활은 예전과 달라질 것이다. 지금까지처럼 불합리하고 보잘것없는 생활이 아니라 행복하고 합리적인 생활이 될 것이다. 다른 사람의 행복을 위해 생활한다면, 우리는 지금처럼 광적이고 허무한 생활이 아니라 인간만이 추구할 수 있는 합리적이고 행복한 생활을 누릴 수 있다. 합리적인 의식을 가진 사람에게 인류의 생활 목적은 모든 존재를 이성에 눈뜨게 하여 서로 하나로 결합시키는 데 있다는 사실도 알게 될 것이다. 참으로 인생이란 이러한 결합을 목표로 삼아 앞으로 나아가는 것으로서, 이 목표에 도달하면 인간은 제일 먼저 이성의 법칙에 따른다. 마침내 인생의 행복은 각자가 행복을 추구할 때 이루어지는 것이 아니라 이성의 법칙을 바탕으로 다른 사람들을 행복하게 하려고 애쓸 때만 이루어질 수 있다는 사실을 이해하기에 이른다.

또한 동물적인 생활을 점차 버리고 활동의 목적을 자기중심에서 타인 중심으로 옮겨 가는 것이 바로 인류와 인간의 발전임을 깨닫게 된다. 그리하여 인간은 인류의 생활 발달은 인간 상호 간의 생존경쟁에 의해 이루어진 것이 아니라 반대로 인간 상호 간의 반목의 감소와 생존경쟁의 완화에서 이루어졌다는 것을 알게 된다. 또한 인간의 생활 향상이 이루어진 것도 세계가 이성에 따름으로써 적의와 반목에서 점차 화합과 결합을 향해 나아갔기에 가능했다는 것을 인정하게 된다.

사람을 끌어당기는 마음속 욕구를 사랑이라고 부른다

사람들은 인류 가운데 뛰어난 사람들이 다른 사람의 행복을 위해서 자기의 존재를 희생했던 모범을 인정한다. 그리고 인간의 이성이 요구하는 생활, 말하자면 자기 행복을 위해서가 아니라 남을 위한 생활이 실제로 이 세상에서 행해졌고, 인류의 과거 생활에서 입증되었다는 것을 인정하기에 이를 것이다.

이것만이 아니다. 이성이나 역사보다도 더 강하게, 그리고 더욱 크나큰 설득력으로 쉬우면서도 전혀 다른 방법으로 인간에게 보여주는 것이 있다. 바로 이성이 인간에게 보여주는 활동 속에, 남을 위한 생활 속에 사람을 끌어당기는 인간의 마음속에 있는 욕구다. 우리는 이 욕구를 사랑이라고 부른다.

#21

자아와 이성은 양립하는가

교육을 받은 부자와
교육을 받지 않은 노동자 간의 의식 차이

이성, 사고思考, 역사, 내적 감정 등 이 모든 것은 인생관의 진정성을 사람에게 확신시킬 수 있다. 하지만 현세의 그릇된 가르침을 받은 사람들은 합리적 의식과 감정이 요구하는 바를 충족하는 일이 생활의 법칙일 수 없다고 생각한다.

현대의 지성인들은 확신에 찬 어조로 이렇게 말한다.

"자신의 행복을 위해서 남과 싸워서는 안 된다. 향락을 추구해서도 안 된다. 고통을 피해서도 안 된다. 죽음을 두려워해서도 안 된다. 그러나 이것은 모두 불가능한 일이다. 생명을 모조리 부정하는 일이나 다름없기 때문이다. 내가 동물적 자아의 욕구를 느끼고 또 그 욕구가 올바르다고 내 이성이 인정하는데, 어떻게 동물적 자아를 버릴 수 있단 말인가?"

하지만 여기에 주의해야 할 점이 있다. 교육을 받지 않은 단순 노동자들은 대부분 동물적 자기 욕구를 결코 주장하지 않는다는 사실이다. 그들은 늘 동물적 자기 욕구와는 정반대되는 욕구를 느낀다. 합리적 의식의 욕구를 전적으로 무시하고, 특히 이성적인 욕구의 정당성을 부정하고 동물적 자아의 권리를 주장하는 사람은 교육을 받은 세련된 부유층뿐이다.

교육을 받은 부유층들은 무위도식하면서 항상 절대 침범할 수 없는 권리가 자신에게 있음을 입증하려고 노력한다. 그러나 평소에 굶주려 있는 사람은 먹어야 한다는 사실을 굳이 입증하려고 하지 않는다. 그것은 누구나 다 아는 사실로서 새삼스럽게 입증하거나 논박할 만한 것이 아님을 알고 있기 때문이다. 그는 그저 묵묵히 먹기만 할 뿐이다.

이러한 현상은 한평생 육체노동을 해온 단순한 사람, 즉 교육받지 못한 사람이 자신의 이성을 해치지 않은 채 순결성과 힘을 간직했기에 나타날 수 있다.

욕망을 채우면 행복을 얻을 수 있다고 믿는 사람들

자신의 전 생애를, 무의미하고 쓸데없을 뿐만 아니라 인간으로서는 생각해선 안 될 일까지 생각하는 데에 허비하는 사람들은 이성을 깡그리 상실했다고 볼 수 있다. 즉, 그의 이성은 아예 자유를 잃어버리고 만 것이다. 그의 이성은 엉뚱하게도 개인적 요구에 대한 생각과 그 발달 및 증대를 위한 수단 연구에만 몰두할 뿐이다.

"나는 자아의 요구를 느끼고 있다. 따라서 이 요구는 정당한 것이다"라고, 세속적인 가르침을 받은 선진 교양인들은 말한다. 물론 그들은 자아의 요구를 절실히 느끼지 않을 수 없다. 이런 사람들은 자기 인생을 존재하지 않는 개인의 행복을 증대하는 데 낭비하고 있다.

그들은 자신의 욕망을 채우기만 하면 행복을 얻을 수 있다고 생각한다. 그들이 자아의 요구라고 부르는 것은 개인적 존재로서 생존의 모든 조건이며, 그들은 여기에 자신의 이성을 집중한다. 그리고 이성으로 자아의 요구를 다시 의식에 의해 무제한으로 확대한다. 이들은 확대되어가는 자아의 요구를 충족하는 데 온갖 힘을 기울이느라 참된 생활의 요구에는 주의를 기울이지 않는다.

생존의 모든 조건은 욕망이다

사회학은 인간의 모든 요구에 관한 고찰에 연구의 기초를 두고 있다. 이 학문의 불편한 진실이라면, 자살하는 사람이나 굶어 죽는 사람처럼 아무런 욕망을 가지지 않는 경우도 있고 욕망이 무한정인 경우도 있는데 이것을 망각한 채 인간에 관한 연구를 하고 있다는 것이다.

동물적 인간의 생존에는 그 생존의 모든 면과 같은 수만큼 욕망이 있고, 또 그 면의 수는 원의 반지름만큼이나 무수히 많다. 먹을 것, 마실 것, 호흡 작용, 근육 및 신경 운동의 욕구, 노동, 휴식, 만족, 가정생활의 욕망, 과학, 예술, 종교의 욕망 등 참으로 다양한 욕망이 존재한다. 그리고 욕망은 어린아이, 청년, 장년, 노인, 처녀, 부인 등 각 개인의 요구뿐 아니라 중국인, 프랑스인, 러시아인, 폴란드인 등 각 민족의 관습이나 질병 등에 적용하기 위한 요구 등으로 무수히 나타난다.

인간의 생존에서 비롯되는 이러한 욕망은 죽을 때까지 헤아려도 전부 셀 수 없을 것이다. 생존의 모든 조건은 욕망일 수도 있으며, 그 생존의 조건은 무수히 많다. 그렇다고 해도 여기서 '요구'는 의식된 조건일 뿐이다. 그러나 의식된 조건은 일단 의식되고 나면 본래의 의의를 잃고 항상 이성을 거기에 집중해 참된 생명에는 관심도 두지 않는다. 그리고 동물적 생존의 조건만을 필요 이상으로 중요시한다.

욕망에 사로잡히면 고통 속에 갇힌다

욕망이라고 불리는 것, 즉 동물적 존재로서 인간의 조건은 얼마든지 팽창시킬 수 있는 무수한 작은 공에 비유할 수 있다. 무수히 많은 작은 공이 모여서 하나의 육체를 이룬다. 그 공은 모두 같은 크기이며 각각 일정한 위치를 차지하고 있어서 팽창되지 않는 한 서로 방해하는 일이 없다. 인간의 욕망도 모두 크기가 비슷하고 각각 일정한 위치를 차지하고 있어서 상대방의 욕망을 의식하지 않는 한 서로 고통을 느끼지 않는다. 그러나 하나의 공이 팽창하기 시작하여 다른 공보다 커지게 되면 다른 공을 압박하고 그 공도 압박을 당할 것이다.

인간의 욕망도 이와 마찬가지다. 인간이 하나의 욕망에만 자신의 이성을 집중하면 이내 욕망은 모든 생활을 장악하여 그 사람을 고통 속으로 몰아넣을 것이다.

#22

자아를 이성에 종속시켜라

악덕의 잡초가 참된 생활의 싹을 자라지 못하게 한다

인간이 합리적 의식의 요구를 느끼지 않고 다만 자아의 요구만을 느낀다는 주장은 동물적 욕망을 만족시키는 데 이성을 사용했기에 나타난 결과로, 동물적인 욕망에 지배되어 인간의 참된 생활을 깨닫지 못함을 뜻한다. 무성한 악덕의 잡초가 참된 생활의 싹을 자라지 못하게 한 것이다.

"개인의 최고 완성은 동물적 자아의 요구를 최대한으로 확대해 발전시키는 데 있다. 대중의 행복은 대중이 되도록 많은 요구를 충족하는 데 있다. 사람의 행복은 결국 그 요구를 만족시키는 데 있다"라는 이러한 말들이 사회 지도층 인사들에 의해서 거침없이 인정되어왔고 현재도 인정되고 있는데 어찌 그 사람들의 말을 외면할 수 있겠는가?

이들의 가르침을 받고 자란 사람들이 자기들은 합리적 의식의 요구를 느끼지 않고 동물적인 요구만을 느낄 뿐이라는 말을 입 밖에 내지 않는 게 오히려 이상할 정도다. 자신의 욕망을 충족하는 데 이성을 집중하고 있는 그들이 이성의 요구를 느끼지 못하는 것은 당연한 일이다. 동물적인 개인의 욕망이 그들의 생활 전체를 삼켜버리고 있거늘 어찌 그 요구를 부정할 수 있겠는가?

합리적 인간에게 자아를 부정하라고 말할 수 없다

"자아를 부정하는 것은 불가능하다"라고 사람들은 말한다. 그들은 자아를 합리적 의식에 따르게 하라는 말을 자아를 버리라는 의미로 해석해서 일부러 문제를 왜곡하려 한다.

"그것은 부자연스러운 일이다. 따라서 불가능하다"라고 그들은 말한다. 아무도 자아를 버리라고는 말하지 않는다. 자아와 합리적 인간의 관계는 동물적 자아를 유지하는 데 호흡운동이나 혈액순환이 없어서는 안 되는 것과 같다. 동물에게 어찌 혈액순환을 멈추라고 할 수 있겠는가? 그렇게 할 수는 없다. 그와 마찬가지로 합리적 인간에게 자아를 부정하라고 말할 수는 없다. 혈액순환이 동물적인 생존에 필수 조건인 것처럼 합리적인 인간에게 동물적 자아는 그의 생활에 불가결한 조건이기 때문이다.

욕망을 무제한으로 확대할 때 불행해진다

동물적 자아가 스스로 어떠한 요구를 제기하는 일은 없다. 어떤 요구를 하는 것은 그릇된 방향으로 향하고 있는 이성이다. 생활을 바르게 인도하거나 빛내는 것이 아니라 동물적인 욕망을 충족하는 데 온갖 힘을 기울이고 있는 이성이다.

동물적 자아의 요구는 언제나 충족된다. 사람은 무엇을 먹고 무엇을 입을지에 대해 걱정할 필요가 없다. 인간이 합리적 생활을 누린다면 이러한 요구는 자연스럽게 이루어지게 마련이다. 새가 하늘을 날고 들에 꽃이 피듯이 말이다. 그리고 사실 이성을 지닌 인간이라면 동물적인 자아의 욕구를 충족하기만 하면 자기 생존의 비참한 모습을 제거할 수 있다고 어찌 감히 믿을 수 있겠는가?

인간의 생존이 비참한 것은 인간이 육체적인 존재인 데서 비롯되는 것이 아니라 인간이 자신이라는 개체의 생존을 인생 자체이자 행복 자체라고 생각하는 데서 비롯되는 것이다. 인간에게서 일어나는 모순과 분열, 고통도 인생과 행복을 그렇게 생각하기 때문에 나타나는 것이다. 즉, 인간의 고통은 인간이 동물적인 자아의 욕구를 무제한 확대하는 데 이성의 힘을 집중해 이성의 욕구를 돌보지 않을 때 생기는 것이다.

개인의 행복을 버리는 것이 생명을 얻는 유일한 길

동물적 자아를 버릴 수는 없다. 또 버릴 필요도 없다. 이는 인간의 생활 조건을 버릴 수 없고 버릴 필요가 없는 것과 마찬가지다. 그러나 이 생활의 조건은 이용할 수 있으며 또 이용해야 하지만 이 생활의 조건을 인생의 목적이라고 생각할 수 없고 그렇게 생각해서도 안 된다. 인간이 버려야 하는 것은 동물적 자아가 아니라 동물적 개인의 행복이다. 그리고 인간은 동물적 생존을 인생 자체라고 생각해서는 안 된다. 그래야만 비로소 인간은 이성과 개체의 올바른 관계를 확립할 수 있으며, 그럴 때 인간은 생활의 목적인 참된 행복을 얻을 수 있다.

동물적 생존을 인생 자체라고 생각하는 것은 생활을 부정하는 것이며, 동물적인 개인의 행복을 버리는 것이 생명을 획득하기 위한 유일한 길이라는 가르침은 옛날부터 인류의 위대한 스승들이 되풀이해서 주장해온 것이다.

이러한 가르침에 대하여 현대인들은 대체로 이렇게 말한다.

"그런데 그것이 어떻다는 말인가? 그것이 불교의 가르침인가? 열반이란 기둥 꼭대기에 올라서는 것이 아닌가?"

그러면서 그들은 아주 교묘한 방법으로 누구나 잘 아는 것, 누구나 영혼 깊숙이 잘 알고 있는 것, 다시 말하면 동물적 생활은 파멸을 가져오고 무의미하다는 것을 말해주는 듯이 생각한다.

"그것은 불교다, 열반이다"라고 그들은 말한다. 그들에게는 자신의 말이 수십 억 사람들이 인정하는 것, 각자 마음속 깊숙이 알고 있는 모든 것, 즉 개인을 목적으로 하는 삶은 해롭고 무의미하다는 것, 이 파멸과 무의미함에서 벗어날 수 있는 출구가 있다면 그것은 개인의 행복을 부정하는 것임을 말해버린 것같이 생각되는 것이다.

열반에 들기 위해 몇 년간 한쪽 다리로 서 있는 인도인

인류의 대부분은 인생에 대해 자아의 행복을 버림으로써 참된 생활을 얻을 수 있다고 생각해왔으며 현재에도 그렇게 생각하고 있다. 가장 위대한 성현들도 인생을 그렇게 생각해왔다. 인생에 대해 그렇게밖에 달리 생각할 도리가 없는 것이다. 그럼에도 현대인들은 여전히 인생에 대한 그러한 생각을 잘못된 것이라고 주장한다. 그들은 인생의 모든 문제를 완전무결한 형태로 해결할 수 없지만 전화, 오페라, 세균학, 전등, 폭탄 등에 의해 오늘날 해결되어가고 있다고 굳게 믿고 있다. 그들에게 개인의 행복을 버려야 한다는 것은 무지한 고대의 유물론으로밖에는 생각되지 않는다.

사실 이 어리석기 짝이 없는 현대인들은 열반에 들기 위해 몇 년간 한쪽 발로 서 있는 순박한 인도인이, 전 세계를 철도로 돌아다니거나 전보와 전화로 닿을 수 있는 유럽 현대사회의 야수화된 생활을 하는 그들 자신보다 비교도 안 될 만큼 진실하게 산 사람이라는 사실을 생각해보지도 않는다. 이 인도인은 동물적 생활과 합리적 생활 사이에 모순이 있음을 깨닫고 자기의 힘으로 할 수 있는 데까지 그것을 해결하려고 한다. 그런데 문명사회의 현대인들은 이 모순을 느끼지 못할뿐더러 이러한 모순이 있음을 믿으려고도 하지 않는다.

합리적 의식의 성장으로 인간의 '생명' 인식이 달라져

인생이란 인간의 자아 생존이 아니라는 정의는, 모든 인류의 수천 년에 걸친 정신노동으로 얻어졌다. 이 정의는 인간(동물적이 아닌)이 마음속 깊이 알고 있는 것이다. 지구의 자전이나 중력의 법칙과 마찬가지로, 아니 그 이상으로 의심할 여지가 없는 진리다. 학자, 무식자, 노인과 어린아이들도 사물을 올바르게 생각하는 사람이라면 누구나 이 진리를 이해하고 또 알고 있다. 이 진리를 거들떠보지도 않는 사람들은 아프리카나 오스트레일리아의 미개인과 유럽의 여러 도시에서 아무 걱정 없이 사는 부유한 사람들뿐이다.

이 진리는 인류의 재산인 것이다. 인류가 기계학, 대수학, 천문학과 같은 제2차적 지식 면에서 퇴보하는 일이 있을 수 없다면, 더구나 인생을 규정하는 중요한 근본적 지식 분야에서 퇴보할 리가 없다. 인류가 수천 년간 생활에서 얻은 것, 즉 개인 생활은 공허하고 무의미하며 비참하다는 확신을 잊어버리거나 인류의 의식에서 지워버릴 수 없다. 오늘날 유럽에서 자랑하는 이른바 과학이라는 것은, 생명을 개체의 생존으로 간주하던 케케묵고 야만적인 사고방식을 무슨 방법을 써서라도 되살리려고 혈안이 돼 있다. 하지만 이와 같은 시도는 인류의 합리적인 의식의 성장을 한층 더 분명히 입증하는 데 그친다. 인류가 어떻게 갓난아이에서 성장했는가를 명시해

줄 뿐이다. 현재 놀라울 정도의 비율로 증가하는 자살행위는 인류가 이미 졸업한 단계의 의식으로 새삼스럽게 되돌아갈 수 없다는 사실을 보여주고 있다. 즉, 인류는 이미 인생을 개체의 생존으로 간주하는 사고방식에서 졸업했으므로 이제 새삼스럽게 그러한 인생관으로 되돌아갈 수 없다. 그렇다고 해서 또 인간의 개인적 생존이 무의미하다는 사실을 잊어버릴 수도 없다.

한 걸음 앞선 결론을 끄집어내야

우리가 무엇을 말하고 무엇을 쓰며 무엇을 발견하든, 또 우리의 개인 생활을 아무리 완전한 것으로 만들든 간에 개인적 행복의 가능성을 부정하는 것은 현대의 모든 합리적 인간에게 확고부동한 진리로 남을 것이다.

"그래도 지구는 돈다"라는 갈릴레이나 코페르니쿠스의 지동설을 뒤집어엎고 새로운 천동설을 생각해내는 것이 중요한 일은 아니다. 그런 천동설은 생각해낼 수가 없다. 이미 전 인류가 잘 알고 있는 지동설을 더욱 발전시켜 거기서 한 걸음 나아간 결론을 끄집어내는 것이 소중하다. 브라만교도, 석가모니, 노자, 솔로몬, 스토아학파의 철학자들, 그 밖의 참된 사상가들이 내세운, 개인적 행복을 얻는 것은 불가능하다는 명제에 대해서도 역시 마찬가지다. 인간은 이 명제를 어떻게 해서든지 회피하거나 무시해서는 안 된다. 이 명제를 분명히 인정하고, 그 위에 한 걸음 앞선 결론을 끄집어내야 한다.

#23

사랑이란 합리적 의식에 따르는 자아의 활동

합리적인 존재는 개인의 목적을 위해서 살려고 하지 않는다

합리적인 존재는 개인의 목적을 위해서 살 수 없다. 왜냐하면 모든 길이 막혀 있기 때문이다. 인간의 동물적 자아가 원하는 모든 목적은 분명히 도달하기 어려운 것이다. 합리적 의식은 다른 목적을 제시한다. 이 목적은 도달할 수 있을 뿐만 아니라 인간의 합리적 의식을 만족시킨다. 그러나 세속적인 그릇된 가르침의 영향으로 사람들은 이 목적이 자신의 자아와 서로 어긋나는 것으로 생각한다.

삶에 대한 동경이냐, 삶으로부터 도피이냐

오늘날 이 세계에서 태어나 교육을 받고 성장한 사람은 터무니없이 과장된 동물적 욕망을 지니고 있다. 이러한 인간은 합리적 자아 속에 아무리 자기를 인정하려고 애써도 동물적 자아 속에서 느끼는 것 같은 삶의 동경을 느끼지 못한다. 합리적 자아는 인생을 관조하는 것처럼 보이지만 스스로 생활할 수 없을뿐더러 삶의 동경도 갖지 않는다. 합리적 자아는 삶에 대한 어떠한 갈망도 느끼지 않지만 동물적 자아는 고통을 느낀다. 따라서 오직 한가지 일, 삶으로부터의 도피만이 남아 있다.

현대의 부정적 철학(쇼펜하우어나 하르트만)은 극히 불성실하고 비양심적으로 문제를 해결하고 있다. 그들은 삶을 부정하면서도 일찌감치 인생에서 도망치려고 하지 않고 그대로 인생 속에 안주한다. 반면에 자살자들은 이 문제를 아주 성실하게 해결하고 있다. 그들은 자살이야말로 현대 인간 생활의 불합리에서 벗어날 수 있는 유일한 방법이라고 생각한다.

인생이라는 게임에 권태를 느끼는 사람들이 택하는 자살

염세철학가나 평범한 자살자들의 사고방식은 다음과 같다.

"동물적 자아라는 것이 있다. 동물적 자아는 삶에 집착한다. 이러한 집착 때문에 동물적 자아는 만족을 얻을 수 없다. 그리고 또 다른 자아인 합리적 자아가 있다. 합리적 자아는 삶에 대한 집착이 없다. 그저 모든 그릇된 삶의 기쁨이나 동물적 자아의 정열을 비판적으로 관조하며 철두철미하게 부정할 뿐이다. 우선 우리가 동물적 자아를 따른다면 우리는 무의미하게 살면서 불행 속으로 더욱 깊이 빠져 들어갈 것이다. 다음으로 우리가 이성적 자아를 따른다면 우리는 삶의 집착에서 벗어날 것이다. 그리고 우리는 우리가 생존하는 유일한 목적인 개인의 행복만을 위해서 사는 것이 무의미하며 불가능하다는 것을 깨달을 것이다. 물론 이성적 의식을 위해서 살 수도 있지만 그럴 필요도 없고 그럴 엄두도 나지 않는다. 우리는 인간을 낳은 근원, 즉 신에게 봉사해야 하는가? 그런데 무엇 때문에? 신이 존재한다면 내가 아니라도 신에게 봉사할 사람은 얼마든지 있을 것이다. 이제 새삼스럽게 내가 무슨 이유로 봉사해야 하는가? 인생이라는 게임은 싫증이 날 때까지 구경하고 있으면 되는 것이다. 그리고 권태를 느끼면 그만 하직하면 된다. 즉, 자살해버리는 것이다. 나는 그렇게 할 것이다."

이와 같은 것이야말로 인류가 솔로몬이나 불타 이전에도 가지고 있던 모순에 가득 찬 인생관이다. 더구나 현대의 사이비 지도자들은 인류를 이 인생관으로 후퇴시키려 하고 있다. 인간의 동물적인 욕망은 불합리의 정점에 다다랐다.

빛이 어둠 속을 비추고 있으며 어둠은 빛을 이길 수 없다

눈을 뜬 이성은 동물적 욕망을 부정한다. 그러나 동물적 욕망이 터무니없이 팽창되어 인간의 의식을 완전히 가려버렸기 때문에 인간에게는 이성이 모든 생활을 부정하고 있는 것처럼 생각된다. 말하자면 인간에게는 이성이 부정하는 것을 자기 생명에서 모조리 제외해버리면 아무것도 남지 않을 것처럼 느껴진다. 그러한 사람에게는 거기에 남은 것이 눈에 띄지 않는다. 전혀 남은 것이 없는 것처럼 생각되기 때문이다. 그러나 사실은 남아 있는 것 속에 참된 생명이 있다. 빛이 어둠 속을 비추고 있으며 어둠은 빛을 이길 수 없다.

욕망의 만족과 무관할뿐더러 버리면 버릴수록 커지는 행복

이대로 무의미한 생존을 계속할 것인가, 아니면 차라리 스스로 목숨을 끊을 것인가? 이 딜레마에 대한 진리의 가르침은 이 문제를 잘 알고 있으며 또한 해결해주고 있다.

흔히 행복에 대한 가르침이라고도 말하는 이 진리의 가르침은 사람들에게 다음과 같이 타일러왔다. 동물적 자아를 위해 사람들이 찾고 있는 거짓된 행복, 즉 언제 어디선가 손에 넣을 수 있으리라고 생각한 행복이 아니라, 언제나 손에 넣을 수 있고 또 절대로 빼앗기지 않을 진정한 행복을 지금 여기서 손에 넣을 수 있다는 것을.

이 행복은 이론에서 짜낸 것도 아니고, 어디에서 찾아내야 할 것도 아니며, 언제 어디선가 손에 넣으리라고 약속된 것도 아니다. 그것은 누구나 잘 알고 있는 행복이며, 타락하지 않은 인간의 영혼이라면 누구나 할 것 없이 이 행복을 구하고 있다.

모든 사람이 어렸을 때부터 동물적 자아의 행복 이외에 더 높은 이성의 행복이 있음을 알고 있다. 그 행복은 동물적 자아의 욕망의 만족과 무관할뿐더러 동물적 자아의 행복을 버리면 버릴수록 커진다.

사랑은 자물쇠에 꼭 맞는 열쇠를 발견하는 것과 같다

인간은 누구나 인생의 모순을 해결하고 인간에게 최대의 행복을 가져다주는 감정을 알고 있다. 그 감정은 바로 사랑이다. 인생이란 이성의 법칙에 따르는 동물적 자아의 활동이다. 이성이란 인간의 동물적 자아가 그 행복을 위해서 따라가야 하는 법칙이다. 사랑이란 인간의 유일한 합리적 활동이다. 동물적 자아는 행복에 집착하기 쉽다. 이성은 인간에게 개인적 행복이 잘못임을 가르쳐서 참된 하나의 길을 보여준다. 이 길에서의 활동이 사랑이다.

인간의 동물적 자아는 행복을 원한다. 합리적 의식은 인간에게 생존경쟁을 하는 존재들의 비참한 모습에 대해 가르치고 있다. 사람에게 가능한 유일한 행복은 다른 존재와의 투쟁에서 이겨야 얻을 수 있는 것이 아니다. 행복은 중단이나 권태를 느끼는 일이 없고, 그 행복 안에서는 죽음의 그림자나 공포 따위도 없다.

그리하여 인간은 마치 자물쇠에 꼭 맞게끔 만들어진 열쇠처럼, 자기의 영혼 속에 이성의 가능성이 있는 유일한 것으로서 그에게 보여주는 그 행복을 그에게 가져다주는 감정으로 찾아보는 것이다. 그리고 사랑이라는 감정은 비단 그때까지의 인생의 모순을 해결할 뿐만 아니라 마치 그 모순 속에 인생이 존재함을 나타내기까지 한다.

다른 존재의 이익을 위해 자신을 희생하는 것이 사랑

동물적 자아는 자기의 목적을 위해 인간의 개성을 이용하려고 한다. 그러나 사랑은 다른 존재의 이익을 위해 자신을 희생한다.

또한 동물적 자아는 괴로워한다. 그런데 이 고통을 제거하는 일이 사랑의 활동의 주요 목적이다. 동물적 자아는 행복을 추구하면서 호흡을 할 때마다 개인의 모든 행복을 파괴해버리는 죽음을 향해 걸어간다. 그런데 사랑의 감정은 이 공포를 제거할 뿐만 아니라 인간으로 하여금 다른 사람의 행복을 위해서 자기의 육체적 존재를 희생하도록 인도한다.

24

사랑의 감정

사랑이라는 감정에 혼란을 느낄 때

사랑이란 자기 생명의 의미를 이해하지 못하는 사람에게는 불가능한 감정이다.

사람들은 사랑의 감정 속에 무엇인가 특별한 것이 있어 인생의 일체 모순을 해결하고 사람에게 참된 행복을 안겨준다고 알고 있다. 그러나 인생을 이해하지 못하는 사람들은 이렇게 말하곤 한다.

"이 감정은 좀처럼 나타나지 않으며 나타난다고 해도 곧 사라진다. 그 결과 전보다 더 심한 고통이 따르는 일이 있지 않은가?"

이러한 사람들에게 사랑은, 합리적 의식에서 생각되는 인생의 유일하고 정당한 표현으로 받아들여지지 않고 그저 인생에서 있을 수 있는 숱한 우연 중 하나에 지나지 않는 것처럼 여겨진다. 말하자면 사랑은 인간이 살아 있는 동안에 맛볼 무수한 감정 가운데 하나라는 것이다.

좀 더 설명을 덧붙이자면 사치에 빠지거나, 학문이나 예술에 집중하거나, 업무에 전념하거나, 또 어떤 명예나 이권에 사로잡히거나, 때로는 그 누구를 사랑하는 것과 같은 여러 감정에 빠져드는 것에 지나지 않는다고 생각한다. 이러한 사랑의 감정은 인간이 지닌 생명의 본질이 아닌 우발적인 기분쯤으로 간주한다. 다시 말해 인간의 일생에서 체험하는 다른 여러 경우와 마찬가지로 자기 의지와는 관계없는 기분에 불과하다는 것이다. 그뿐만 아니라 때때로 우리는 사랑이라는 감정이 생명의 정상적인 흐름을 가로막는 매우 괴로운 기분이라는 견해를 읽기도 하고 듣기도 한다. 그것은 마치 태양이 떠오를 때 올빼미가 느낄 법한 기분과 흡사하다.

그러나 사실 이와 같이 생각하는 사람들도 사랑의 상태에는 아주 특별하고 어떤 기분에서도 찾아볼 수 없는 중요한 그 무엇이 깃들어 있음을 느낀다. 그럼에도 이들은 인생의 의미를 이해하지 못하기 때문에 사랑을 이해할 수 없다. 사랑을 느끼는 감정도 그들에게는 다른 모든 상태와 마찬가지로 불행하고 속기 쉬운 것으로 생각되기 때문이다.

사랑하는 사람이 없으면 그 어떤 사랑도 소멸할 뿐

"사랑한다, 그런데 누구를? 한순간의 사랑은 부질없고
영원한 사랑은 더더욱 불가능한데……"

참으로 이 시에서는 사랑이 인생의 모든 고뇌에서 구원해주고 진정한 행복의 유일한 그 무엇을 지니고 있는 것과 같은 막연한 의식을 표현하고 있다. 그와 동시에 인생을 이해하지 못하는 사람들에게는 사랑이 구원의 법도가 될 수 없음을 말하고 있다. 만일 사랑하는 사람이 아무도 없다면 그 어떤 사랑도 소멸하고 말 것이다. 그러므로 사랑하는 사람이 있고, 영원히 사랑해주는 사람이 있을 때 사람은 행복할 수 있다. 그러나 그러한 사람은 존재하지 않으므로 사랑을 통한 구원이 있을 수 없다. 사랑은 다른 모든 감정과 마찬가지로 속임수이며 고통이라는 것이다.

인생은 동물적 생존에 지나지 않는다고 가르치는 사람이나 그렇게 배우는 사람들은 사랑에 대해 이렇게 해석한다. 아니, 그들은 달리 해석할 방법이 없다.

이들이 생각하는 사랑에는 우리가 사랑이라는 말에 본능적으로 결부하는 개념이 적용되지 않는다. 그들에게 사랑은, 사랑하는 사람과 사랑받는 사람에게 행복을 가져다주는 소중한 행위가 아니다.

좋고 싫음에 관한 본능적 감정

동물적인 생존을 인생 자체라고 간주하는 사람들은 사랑을 이렇게 생각한다. 자기 자식의 행복만을 생각한 나머지 굶고 있는 남의 자식을 제쳐두고 그 아기 엄마의 젖을 빼앗아서라도 자기 자식을 기르려고 하는 어머니의 심정, 또는 자기 자식의 안전을 위해 굶주린 사람에게서 마지막 빵 한 조각을 빼앗는 아버지의 심정과 같다고. 그리고 어떤 여자를 사랑하는 남자가 그 사랑 때문에 괴로워하다 그 여자도 괴롭히고, 질투 때문에 자기도 여자도 파멸로 몰고 가, 결국에는 사랑하는 여자를 강제로 범하는 행위와 같다고 생각한다.

다른 예를 들자면 자기 당파의 이익을 위해 다른 당파를 넘어뜨리려는 당파심, 혹은 자기가 즐기는 일에 열중한 나머지 자신은 물론 주위 사람들에게까지도 슬픔을 안겨주고 걱정을 끼치는 감정, 그리고 사랑하는 조국이 당한 모욕을 참지 못해 싸움터를 적군과 아군의 전사자와 부상자로 뒤덮게 하는 것과 같다는 것이다. 그러나 그뿐만이 아니다. 동물적 자아의 행복을 추구하는 것이 인생이라고 생각하는 사람들은 사랑으로 움직이는 법이 없다. 그들에게는 사랑의 활동을 드러내는 것이 고통일 뿐만 아니라 때로는 끝내 참을 수 없을 만큼 무서운 모욕을 느끼게 하는 것이다. 인생을 이해하지 못하는 사람들은 이렇게 말한다.

"사랑은 논의할 성질의 것이 아니다. 하지만 구태여 논의해본다면 사람들에게서 항상 경험하는 호불호에 대한 본능적인 감정에 따르기만 하면 된다. 이것이 참된 사랑이다."

거듭 말하거니와 사랑은 논의할 성질의 것이 아니다. 사랑에 대한 모든 논의는 사랑을 파괴하는 것이라는 그들의 의견은 옳다.

그러나 여기에 중요한 문제가 있다. 사랑에 관해서 논의하지 않을 수 있는 사람들은 그저 인생의 의미를 이해한다. 하지만 자신의 이성을 집중해 동물적인 자아의 행복을 위해 살아가는 사람들은 사랑을 생각하지 않을 수 없다. 그들이 사랑이라고 부르는 감정을 표현하기 위해서는 사랑을 생각하는 것이 당연한 일이다. 사랑을 생각하지 않고서는 이런 감정을 나타낼 수 없기 때문이다.

자기중심적 사랑은 문제 해결을 어렵게 한다

사실 사람들은 남의 자식이나 남의 아내, 남의 나라보다도 자기 자식과 자기 아내, 자기 친구와 자기 나라를 더욱 소중히 여긴다. 그리고 이러한 감정을 사랑이라고 부른다.

사랑한다는 것은 일반적으로 좋은 일을 하려는 마음을 나타낸다. 우리는 누구나 사랑을 그렇게 이해하고, 또 그렇게가 아니고는 달리 이해할 길이 없다. 다시 말해 내 자식과 내 아내와 내 조국이 남의 자식, 남의 아내, 남의 나라보다 행복해지기를 바란다. 그러나 내 자식, 내 아내, 내 조국만을 사랑한다는 것은 아니다. 그런 일은 결코 없고 또 있을 수도 없다. 모든 사람은 자기 자식, 자기 아내, 자기 조국을 사랑하는 동시에 다른 사람들을 사랑한다. 그러나 자기가 사랑하는 여러 대상이 원하는 행복의 조건은 서로 엇갈려 있다. 자신이 사랑하는 대상 가운데 하나에게 향하는 사랑의 행위는 다른 대상들에 대한 자신의 활동을 방해할 뿐만 아니라 때로는 그들에게 해를 끼치기도 한다.

바로 여기에서 문제가 생긴다. 어떠한 사랑의 이름으로, 어떻게 행동해야 할 것인가? 어떤 사랑을 위해 다른 사랑을 희생시켜야 할 것인가? 누구를 더 사랑하고 누구에게 더 많은 선善을 행할 것인가?

아내에게, 자식에게, 조국에게, 친구에게? 아내나 자식이나 친구에 대한 사랑을 훼손하지 않고 사랑하는 조국에 봉사하려면 어떻게 하면 좋은가? 그리고 남을 위해 봉사하려면 자신의 개인적 행복을 어느 정도까지 희생해야 하는가? 이와 같은 문제를 어떻게 해결해야 할 것인가? 남을 사랑하고 그들에게 봉사하기 위해서는 자신에 대해 어느 정도까지 관심을 가져야 하는가? 이러한 모든 문제는 이른바 사랑이라는 감정을 분석해본 적이 없는 사람들로서는 매우 간단한 것같이 보인다. 하지만 이는 사실 그렇게 간단하지 않을 뿐만 아니라 해결하기 어려운 문제다.

그 옛날 어떤 율법학자가 예수를 향해 "내 이웃이 누구입니까?"라고 물었던 것도 까닭이 있어서였다. 이 질문에 쉽게 답할 수 있다면 인생의 참된 조건을 잊어버린 사람일 것이다.

살아남기 위해서 투쟁해야 하는 생존 법칙 아래서

인간이 우리가 상상하는 것과 같은 신이 된다면, 그때 인간은 특정 대상을 사랑할 수 있다. 어떤 사람을 다른 사람보다 더 좋게 생각하는 감정이 참된 사랑일 것이다. 그러나 인간은 신이 아니다. 모든 생물은 약육강식의 조건에서 서로 침해하면서 상대를 희생시키며 살고 있다. 비유적인 의미에서 살아 있는 모든 것은 서로 물어뜯으며 살고 있는 것이다. 인간도 예외는 아니며 우리는 저마다 이러한 생존 조건 속에 있다. 이성을 가진 존재로서 인간은 당연히 이러한 사실을 알고 있거니와 또 보게 된다. 그러므로 모든 물질적 이익은 다른 사람을 불행에 몰아넣지 않고서는 손에 넣을 수 없음을 알아야 한다.

사이비 종교나 과학에서는 모든 인간이 부족함 없이 살 수 있는 황금시대가 곧 온다고 주장한다. 그들이 아무리 황금시대를 보장한다고 하더라도 이성적인 사람이라면 알게 될 것이다. 시간과 공간의 생존 법칙에 매여 있는 만큼 이 세상은 한 사람에 대한 만인의 투쟁, 만인에 대한 한 사람의 투쟁의 싸움터라는 것을.

눈앞의 사랑과 미래의 사랑을 어떻게 저울질할 수 있는가

이해관계에 서로 얽혀 있고 경쟁하는 세계에서 사람은 자신이 선택한 사람만을 사랑할 수 없다. 이것이 가능하다고 생각하는 사람은 아직 인생의 의미를 이해하지 못한 것이다.

사람들은 자신과 관련된 사람들을 사랑하지만 특정한 한 사람만을 사랑할 수는 없다. 사람들은 누구나 자기 아내, 자식, 친구, 나라를 사랑하고 그 밖에 다른 사람들도 사랑한다. 모든 사람이 인정하는 것처럼 사랑이란 단순히 말뿐이 아니라 실제로 다른 사람을 행복하게 하려는 행위이자 실천이다. 이 행위는 어떤 일정한 순서에 따라 실행되는 것이 아니다. 말하자면 강한 사랑의 요구가 나타난 다음 덜 강한 사랑의 요구가 나타나는 것이 아니다. 사랑의 요구는 어떤 순서에 따라 진행되지 않고 한꺼번에 예고 없이 나타난다. 예를 들어 굶주린 노인이 찾아와서 내가 사랑하는 자식의 저녁 식사로 마련해둔 음식을 달라고 애걸한다고 하자. 이럴 때 내가 어찌 눈앞의 노인에 대한 약한 사랑과 자식을 향한 강한 사랑의 요구를 저울질할 수 있겠는가?

모세의 율법 신봉자도 이와 같은 질문을 예수에게 던졌다.

"내 이웃이 누구입니까?"

실제적인 이야기로 누구에게 얼마만큼 봉사해야 하는가를 어떻게 결정하는 것이 좋을까? 그리고 봉사의 대상으로 조국은 어떤가? 조국이 아니라면 친구? 친구가 아니라면 아내? 아내가 아니라면 아버지? 아버지가 아니라면 자식인가? 자식이 아니라면 나 자신인가?

하나를 만족시키면 다른 하나는 만족시킬 수 없다

하나의 요구를 만족시키면 다른 요구를 만족시킬 수 없을 정도로 모든 사랑의 요구는 서로 엇갈려 있다. 어떤 한 가지 요구를 만족시킨다는 것은 다른 요구를 충족시킬 가능성을 빼앗아 버리는 셈이 되는 것이다. 만일 내가 가지고 있는 옷이 언젠가 자식에게 필요할 것이라는 이유로 얼어 죽어가는 남의 아이를 벌거숭이인 채로 방치한다면, 나는 같은 이유로 장차 태어날 아이들을 생각해 다른 사랑의 요구에 응하지 않아도 될 것이다.

조국에 대한 사랑, 선택한 직업에 대한 사랑, 만인에 대한 사랑 등에 있어서도 마찬가지다. 만일 어떤 사람이 장래의 더 큰 사랑을 위해 현재의 작은 사랑이 요구하는 것을 거절할 수 있다 해도, 혹은 미래의 사랑이 요구하는 것을 어느 정도까지 거부할 수 있는지에 대해 아무리 머리를 짜낸다고 해도 분명한 결론을 내릴 수는 없다. 그래서 사람은 이 문제를 해결하지 못한 채 언제나 자기를 즐겁게 해주는 사랑의 요구만을 앞세울 것이다. 다시 말해 사랑이 아닌 동물적 자아를 위해서 행동할 것이다.

감정이 충돌하면 예기치 않은 사건을 일으킨다

만일 사람이 미래를 위해서 현재의 지극히 작은 사랑이 요구하는 것을 억누르는 것이 옳다고 판단한다면, 그는 자신이나 남을 속이는 사람이다. 그 사람은 자기 이외에는 그 누구도 사랑하지 않는 것이다. 미래의 사랑이란 있을 수 없다. 사랑은 오직 현재의 행위다. 지금 사랑을 표현할 줄 모른다면 그 사람은 결코 사랑이라는 감정을 가진 사람이 아니다.

만일 사람이 이성을 가지고 있지 않다면, 사람도 동물과 같이 인생에 대해서 생각하지 않고 생존할 뿐일 것이다. 그러면 인간의 동물적 생존은 정당하고 행복할 것이다. 사랑에 있어서도 마찬가지다. 만일 사람이 이성을 가지고 있지 않은 동물이라면 그들은 자신의 취향에 적합한 동물, 즉 자기의 새끼 늑대를 사랑할 것이다. 그리고 자기가 새끼 늑대를 사랑하는 줄도 모르고, 다른 늑대들도 자기의 새끼 늑대를 사랑하고 있음을 알지 못할 것이다. 그리고 그들은 현재의 동물적 의식 단계에서 사랑하고 또 생활하게 될 것이다.

그러나 인간은 이성이 있는 존재이고 다른 존재도 역시 자기와 마찬가지로 사랑을 가지고 있다. 따라서 이 사랑의 감정은 자연히 서로 충돌하여 사랑이라는 개념과는 상반된 어떤 감정을 일으킨다는 것을 인정하지 않을 수 없다.

다른 사람의 행복을 목적과 결과로 삼을 수 있어야

만일 사람들이 그들이 사랑이라고 부르는 동물적인 해로운 감정을 터무니없이 확대하여 이를 정당화하고 강화하는 데 이성을 동원한다면, 이러한 감정은 선량하지 않을 뿐만 아니라 사람들을 가장 흉악하고 사나운 동물로 만들어버릴 것이다. 이것은 옛날부터 널리 알려져 있는 진리다. 그리고 복음서에 적혀 있듯이 "너희 내부의 불이 꺼지면 그 어둠이 얼마나 하겠느냐!"라는 현상이 나타나게 될 것이다. 만일 사람 속에 자기나 자기 자식에 대한 사랑 이외에는 아무것도 없다고 한다면, 오늘날 사람들이 행하는 죄악의 99%까지 자취를 감추고 말 것이다. 사람들이 행하는 죄악의 99%는 사람들이 사랑이라고 찬양하는 동물적 삶과 같다고 할 정도로 비슷하다. 이렇듯 동물적 삶은 사랑을 닮은 허위 감정에서 비롯된 것이다.

인생을 이해하지 못하는 사람들이 말하는 사랑은, 자신이 생각하는 동물적 행복의 어떤 조건을 다른 조건보다 중요시하는 데 지나지 않는다. 그 사람이 자식과 아내와 친구를 사랑한다고 했다면 그는 단지 자식과 아내와 친구의 존재가 그의 동물적 생활에 행복을 더해주고 있다는 의미로 한 말일 뿐이다.

이러한 좋아하는 감정은 결코 참된 사랑이 아니다. 이것은 동물적 생존이 인간의 참된 생활이 아닌 것과 마찬가지다. 인생을 이해하지 못하는 사람들은 동물적인 생존을 인생이라 부른다. 이처럼 그들은 동물적 생존의 한 조건을 다른 조건보다 중요시하는 감정을 사랑이라고 말한다.

예를 들어 특정한 대상, 즉 자기 자식이나 특정한 직업, 그리고 과학이나 예술의 특정한 부문을 중요시하거나 좋아하는 감정을 사랑이라고 부르는 것이다. 그러나 수없이 변하는 이러한 감정은 눈으로 볼 수 있고 손으로 만질 수 있는 동물적인 인간의 삶 전체를 구성하기는 하지만 사랑이라고 부를 성질의 것은 못 된다. 왜냐하면 이 감정은 사랑의 주요한 특징, 즉 남의 행복을 목적으로 삼고 있지 않으며 남에게 행복을 가져다주지도 못하기 때문이다.

그릇된 사랑이 초래할 비극

사랑을 느낄 때 따르는 뜨거운 감정은 사실 그 사람에게 있는 동물적 자아의 에너지를 나타내는 것에 불과하다. 어떤 사람이 다른 사람보다 낫다고 해서 좋아하는 감정 – 왜곡된 사랑이라 불리는 – 은 참된 사랑을 접목해야만 비로소 열매를 얻을 수 있는 야생목일 뿐이다. 야생목은 사과나무와 달라서 열매를 맺지 않거나 맺더라도 맛있는 열매가 아니라 쓰디쓴 열매를 맺는다. 이와 마찬가지로 어떤 특정한 사람을 편애하는 것은 사랑이 아니다. 이런 감정은 다른 사람들에게 불행을 가져다줄 뿐 아니라 커다란 악을 초래할 수도 있다. 따라서 과학, 예술, 조국 등에 대한 사랑은 물론 아내, 자식, 친구에 대한 사랑마저도 세상에 큰 해악을 끼치는 요소가 되기도 한다. 이러한 사랑은 동물적 생활의 어떤 특정한 조건을 다른 조건보다 좋다고 보는 일시적인 감정에 지나지 않는다.

25

참된 사랑과 개인의 행복

개인의 행복을 포기해야 참된 사랑이 가능하다

참된 사랑은 오직 동물적 자아의 행복을 포기함으로써만 가능하다.

참된 사랑의 가능성은 오로지 우리가 동물적 자아의 행복 따위는 없다고 깨달을 때 비로소 생기는 것이다. 그때야말로 동물적 자아라는 야생의 나무에 사랑의 접붙임을 받아 참된 사랑의 진액이 흐르게 된다. 예수가 말했듯이 이 접목, 즉 사랑은 열매를 맺게 할 수 있는 한 그루의 포도나무다. 열매를 맺지 않는 가지는 모두 찍어버릴 것이라고 했다.

"자기 목숨을 얻는 자는 잃을 것이요, 나를 위하여 자기 목숨을 잃는 자는 얻으리라"라는 예수의 말을 이해하는 데 그치지 않고, 자기 생명을 사랑하는 사람은 파멸에 이르고 반대로 현세에서 자기 생명을 귀하게 여기지 않는 사람은 영원한 생명을 얻게 되리라는 사실을 이해하는 사람만이 참된 사랑이 무엇인지 알 수 있다.

자아를 부정한다는 것의 진정한 의미

"아버지나 어머니를 나보다 더 사랑하는 자는 내게 합당하지 아니하고 아들이나 딸을 나보다 더 사랑하는 자도 내게 합당하지 않다. 그리고 자기를 사랑하는 사람을 사랑한다고 해서 그것이 사랑이 될 수 없다. 원수를 사랑하라. 너희를 미워하는 사람을 사랑하라."

사람들이 자아를 부정하는 것은 흔히 생각하듯이 아버지나 아들, 아내, 친구, 그밖에 자기가 좋아하는 사람을 사랑한 결과가 아니다. 그것은 다만 자아로서의 생존이 공허하고 개인적 행복이 불가능하다는 것을 인식한 결과에 지나지 않는다. 따라서 개인적 삶을 부정함으로써 참된 사랑을 인식하고 아버지나 아들이나 아내나 어린아이나 친구를 진심으로 사랑할 수 있다.

처음 사랑을 시작할 때 느끼는 감정

사랑이란 다른 존재가 자기의 동물적 자아보다 낫다고 보는 데서 비롯된다. 동물적 자아가 원하는 행복을 달성하기 위해서 눈앞의 이익을 무시하는 것은, 이른바 자기희생으로까지 발전하지 않는 사랑의 경우에 종종 일어나는 것이다. 이는 동물적 자아의 행복을 위해서 어떤 존재를 다른 것 이상으로 좋게 여기는 것에 불과하다. 참된 사랑은 적극적인 감정으로, 밖으로 드러나기 전에는 일정한 상태로 우리 마음속에 깃들여 있음에 틀림없다. 처음 사랑을 느낄 때, 그 근원은 흔히 생각하는 것처럼 이성을 흐리게 하는 것 같은 감정의 폭발이 아니라, 온화한 기쁨에 넘친 어린아이들이나 이성적인 사람들에게만 있는 가장 합리적이고 투명한 특유한 상태다.

이런 상태는 모든 사람에 대한 호감으로 나타난다. 어린아이들은 태어나면서부터 이런 상태에 놓여 있지만 어른에게는 개인적 행복을 포기할 때 나타난다. 그리고 얼마나 포기했느냐에 따라서 더 강화되기도 한다.

욕망을 통제하는 간단한 내면적 실험

"아무래도 좋아. 나는 아무것도 원하지 않아."

이런 말을 우리는 얼마나 자주 들었던가! 다른 사람에게 악의를 갖는 순간, 마음 깊숙한 데서 우러나오는 소리로 자신에게 이렇게 말해보라. "나는 아무래도 좋다. 나는 아무것도 필요하지 않다"라고. 그리고 그때만이라도 좋으니 자기 욕망을 완전히 버려보라. 그러면 누구나 이 간단한 내면적 실험으로 알게 될 것이다. 자기의 개인적인 행복을 버릴 때 나쁜 감정이 얼마나 많이 사라지는지, 마음속에 잠자고 있던 모든 사람에 대한 호감이 얼마나 크게 용솟음치는지를.

사랑의 양과 분수의 양은 같다

사랑은 자기보다 남을 배려하는 것을 말한다. 우리는 누구나 사랑을 그렇게 알고 있으며 딱히 다르게 생각할 수가 없다. 사랑의 양은 분수의 양과 같다. 남에 대한 나의 호의, 또는 표정을 분자로 하고, 자기 자신에 대한 사랑을 분모로 한 분수로써 그 정도를 나타낼 수 있다. 이 분자는 자기 뜻대로 되지 않지만, 분모는 자기의 동물적 자아에 대한 견해에 따라 얼마든지 증가되기도 하고 감소되기도 한다. 그런데 현대인들은 사랑에 대해 생각할 때 분모는 제쳐놓고 주로 분자만을 문제시하여 이 분수를 결정하곤 한다.

사랑이라는 이름의 비뚤어진 애착심

참된 사랑은 항상 그 밑바닥에 개인적 행복의 부정과 거기서 생기는 만인에 대한 호감을 가지고 있다. 일정한 사람들－혈연관계든 타인이든－에 대한 참된 사랑은 이 보편적인 호감 속에서 자랄 수 있다. 그리고 이러한 사랑만이 인생에 참된 행복을 주고, 동물적 자아와 합리적 의식 사이의 모순을 해결할 수 있다. 동물적 자아를 부정하고 그 결과로서 모든 사람에 대한 호감이 생기지 않는 사랑은 동물적 삶에 불과하다. 이러한 삶은 사랑이 없는 생활과 같은 불행과 그 이상의 불행, 그 이상의 불합리를 초래할 것이다.

사랑이라고 잘못 불리는 특정 개인에 대한 애착심은 생존경쟁을 제거하지 못하고, 쾌락의 추구에서 사랑을 해방하지 못하며, 죽음에서 구해주지도 못한다. 오로지 생존경쟁을 격화시키고, 쾌락에 대한 욕망을 키우고, 죽음에 대한 공포를 더욱 크게 하여 인간을 절망케 한다.

부자들이 가장 하기 어려운 일

인생을 동물적 자아의 생존으로 생각하는 사람들은 다른 사람을 사랑할 수 없다. 왜냐하면 그는 사랑을 자기 생활에 정면으로 대립하는 활동으로 여기기 때문이다. 이런 사람의 생활은 오로지 동물적인 자아의 행복을 추구하는 것으로 채워진다. 그런데 사랑은 무엇보다도 이 동물적 자아의 행복을 버릴 것을 요구한다. 인생의 의미를 이해하지 못하는 사람이 갑자기 남을 진심으로 사랑하고 싶어 해도, 그가 인생의 의미를 이해하고 인생에 대한 태도를 바꾸지 않는 한 불가능하다. 즉, 동물적 자아의 행복을 인생이라고 생각해온 사람은 열심히 재물을 손에 넣으려 한다. 그들은 자기의 동물적인 행복의 수단을 늘리는 데만 전념하고 다른 사람들을 자기의 동물적 행복에 봉사하도록 한다. 그리고 자신의 개인적 행복을 안전하게 하는 데 필요하다면 많은 사람에게 호의를 베푼다. 이런 식으로 그는 평생을 자기의 동물적 행복을 증진하는 데 바친다. 이렇듯 자신의 삶을 자기 자신이 아닌 다른 사람들에 의해서 유지해온 사람이 어떻게 남을 위해 자신의 인생을 바칠 수 있겠는가? 이런 사람에게 더욱 어려운 일은 도대체 누구를 위해서 일해야 하는가, 또는 자기가 사랑하는 사람들 중 누구에게 재산을 남겨줄 것인가를 결정하는 것이다.

가짜 행복을 구하려고 애쓰지 마라

남을 위해 살려면 무엇보다도 자기의 행복을 위해 남에게서 빼앗은 것들을 버려야 한다. 그리고 불가능한 일, 즉 어떤 사람을 위해 자기 인생을 온전히 헌신할 것인지를 결정해야 한다. 남을 사랑하려면 자기 행복을 버리고, 또 남을 행복하게 하려면 우선 남을 미워하는 일을 멈춰야 한다. 말하자면 남을 불행하게 하는 일을 그만두어야 한다. 그리고 자신의 행복을 위해 어떤 사람에게 집착하는 일이 없어야 한다. 즉, 개인적 생활 속에서 행복을 찾지 말고 가짜 행복을 구하려고 마음을 괴롭히지 마라. 모든 사람에 대한 호의를 늘 넘치도록 가지고 있는 사람만이 자신과 다른 사람을 만족시키는 사랑을 할 수 있다.

자기 앞에 있는 사랑에 전부를 바치는 사람

타인을 위해 사는 사람에게 삶의 행복은 사랑에 있다. 그것은 마치 식물의 행복이 햇빛에 있는 것과 같다. 어느 방향으로 뻗어나가는 것이 좋은가, 햇빛은 나에게 유리한 것인가, 좀 더 좋은 빛을 기다려야 하는가, 하는 질문은 식물에게 할 필요도 없거니와 또 할 수도 없다. 식물은 그저 이 세상에 존재하는 유일한 빛을 받고 그 빛을 향해 뻗어가려고 할 뿐이다. 이와 같이 개인의 행복을 부정하는 사람은 남들에게 빼앗은 것들 중에서 무엇을 사랑하는 사람에게 주어야 하는가, 현재의 사람보다 더 좋은 사람은 없는가를 굳이 생각하지 않는다. 그는 다만 자기 앞에 있는 사랑에 자신의 전부를 바칠 뿐이다. 이러한 사랑만이 인간의 합리적 천성에 만족을 주는 것이다.

26

사랑은 참된 생명

사랑은 생명의 유일하고 완전한 활동

친구를 위해 자기 생명을 희생하는 사랑, 이것 이상의 사랑은 없다. 사랑에는 자기희생이 따르기 마련이다. 남을 위해 자기 시간이나 힘을 바칠 뿐만 아니라 사랑하는 사람을 위해서 자기 몸을 희생함으로써 자기 생명을 바칠 때 우리는 모두 이를 사랑이라고 인정한다. 그리고 오직 이러한 사랑에 의해서만 행복을 찾을 수 있고 사랑의 보람을 맛볼 수 있다. 또한 이러한 사랑이 사람들 사이에 있다는 사실 한 가지만으로도 이 세계는 유지되는 것이다.

자기 육체를 남의 양식으로 바치며 사는 사람들

갓난아이를 키우는 어머니는 아기를 위해 자기 몸을 기꺼이 내어 준다. 젖이 없으면 아기가 살아나갈 수 없기 때문이다. 이것이 곧 사랑이다. 이와 마찬가지로 자기 육체를 남의 양식으로 바치며 사는 사람들이 있다. 그들은 남의 행복을 위해서 노동으로 자기 육체를 소모하며 시시각각으로 자신을 죽음으로 몰고 가는 모든 노동자다. 그들은 사랑하는 사람을 위해서 자기를 희생하는 사람들이다. 자기 자식을 유모에게 맡기는 어머니는 자식을 사랑할 수 없다. 돈을 벌어서 저축하는 사람은 다른 사람을 사랑할 수 없다.

두려움 없는 사랑, 완전한 사랑

"빛 가운데 있다 하면서 그 형제를 미워하는 자는 지금까지 어둠에 있는 자요, 그의 형제를 사랑하는 자는 빛 가운데 거하여 자기 속에 거리낌이 없으나 그의 형제를 미워하는 자는 어둠에 있고 또 어둠에 행하며 갈 곳을 알지 못하나니 이는 그 어둠이 그의 눈을 멀게 하였음이라."

우리는 사랑을 말과 혀로만 하지 말고 행동과 실천으로써 해야 한다. 그리고 이것이 진리이며 마음을 편안하게 해주는 것임을 알아야 한다. 이렇게 함으로써 사랑은 우리 속에서 완전해질 수 있고, 우리는 최후의 심판 날에 확신을 가지고 설 수 있다.

사랑에는 두려움이 없다. 완전한 사랑은 두려움을 떨쳐낸다. 두려움 속에는 고통이 있는데 그 이유는 두려워하는 사람에게는 사랑이 온전히 이루어지지 않기 때문이다. 그러므로 완전한 사랑만이 사람들에게 참된 생명을 줄 수 있다.

사랑은 환희에 넘치는 생명 활동

사랑은 이성에서 비롯된 것이 아니다. 또 일정한 활동의 결과도 아니다. 사랑은 환희에 넘치는 생명 활동 그 자체다. 우리는 사랑의 활동에 완전히 감싸여 있다. 우리 누구나 자기 내부에서 일어나는 사랑의 활동을 알고 있다. 철이 들기 시작한 어린 시절부터 그릇된 세속의 가르침으로 우리의 영혼이 혼돈케 되고 사랑을 경험할 가능성을 잃을 때까지, 이 기간의 사랑을 기억한다.

살아 있는 것들이 모두 행복하기를 바라는 마음

사랑은 선택된 사람이나 사물에 대한 사랑처럼 개인의 일시적 행복을 증진하기 위한 편애가 아니다. 사랑은 자아의 행복을 포기하고 자기 이외의 다른 사람들의 행복을 바라는 마음이다.

살아 있는 사람들 중에 비록 단 한 번의 경험일지라도 행복으로 충만한 감정을 느끼지 않은 사람이 어디 있겠는가? 이는 생명을 짓밟아버리는 그릇된 가르침이 우리의 영혼을 더럽히지 않았던 어린 시절에 이미 우리 속에 존재해온 감정이다. 즉, 사랑은 부모 형제뿐 아니라 이웃이나 악인이나 적이나 개나 말이나 초목까지도 사랑하고 싶어 하는 감정이다. 또한 그 감정에는 오직 한 가지 일, 즉 살아 있는 것들이 모두 행복하기를 바라는 마음, 모든 것을 행복하게 해주고 싶어서 자기 생명을 바치고 싶은 감정이요, 행복으로 충만한 마음이다. 이 감정이야말로 오직 인간의 생명을 구성하는 참된 사랑이다. 그리고 인간의 삶은 이 사랑 속에 있다.

사랑의 싹은 인위적인 손길이 닿으면 시든다

사랑, 생명이 깃든 이 사랑은 인간의 영혼 속에서 우리가 '사랑'이라고 잘못 부르는 인간의 갖가지 욕망에 둘러싸여, 진실한 사랑과 흡사한 잡초 사이에서 뒤엉켜 자란다. 겨우 눈에 띌 정도의 연약한 싹으로 사람들의 마음속에 자리 잡는 것이다. 새가 둥지를 틀 만큼 큰 나무로 자랄 이 싹은 처음에는 다른 잡초의 싹과 똑같아 보인다. 그뿐이랴! 처음 한동안 사람들은 성장이 빠른 잡초의 싹을 오히려 귀엽게 생각한다. 그 때문에 생명을 속에 간직한 유일한 싹은 잘 자라지 못한다. 더욱 나쁜 것은 사람들은 이 싹 가운데 생명을 지닌 진짜 싹, 즉 사랑의 싹이 오직 하나뿐이라는 말을 듣고는 그 생명의 싹을 짓밟아버리고 대신 잡초의 한 싹을 길러서 '사랑'이라고 부르는 일이다. 아니, 더욱 고약한 일은 사람들이 거친 손으로 그 생명의 싹을 잡고 이렇게 외치는 것이다.

"그래, 이것이다. 이제야 찾았다. 우리는 이제야 이것을 알았다. 이것을 한번 키워보자. 사랑이다! 사랑이다! 이것이야말로 최고의 감정이다."

그러고는 이 싹을 옮겨 심거나 바로 세우거나 하며 주물럭거려, 싹은 꽃도 피워보지 못하고 메말라버린다. 그러면 사람들은 입을 모아 "이것은 어리석은 짓이다, 쓸데없는 짓이다, 감상주의다"라고 말한다. 사랑의 싹은 갓 났을 때는 조금만 만져도 시들어버릴 만큼 연약하지만 성장하고 난 후에는 강해지게 마련이다. 사랑의 싹은 사람의 손길이 닿으면 나쁜 결과를 가져온다. 이 사랑의 싹이 자라는 데 필요한 것은 이성이라는 태양이 아무런 방해를 받지 않고 이 싹에 빛을 던지도록 하는 것뿐이다.

27

생존을 위한 투쟁과 노력

사랑의 가능성을 스스로 빼앗는 수고

자기 생존을 위해 불가능한 개선을 꾀하는 인간의 고군분투는 진정한 삶의 가능성을 그 자신들에게서 빼앗는 것이다.

동물적 생존의 덧없음과 그릇됨을 알고 자기 안에 있는 유일한 사랑의 참된 생명을 자유롭게 하는 사람만이 행복을 느낄 수 있다. 이 행복을 얻기 위해 사람들은 도대체 무엇을 하고 있는가? 육체적 존재로서 인간은 어쩔 수 없이 죽음을 향해 나아간다. 그리고 서서히, 끊임없이 소멸해간다. 사람들은 이 사실을 너무도 잘 알고 있다. 하지만 그들은 한평생 모든 수단을 다해 소멸해가는 자신의 생명을 어떻게든 이어가려고 하며, 자신의 욕망을 충족하려고 한다. 그 결과 사람들은 인생의 유일한 행복, 즉 사랑의 가능성을 스스로 상실하고 있다. 아니, 오직 그것에만 몰두하고 있다고 해도 좋을 정도다.

쾌락에 적응해버리면 쾌락은 고통으로 변한다

인생을 이해하지 못하는 사람들은 살아가는 내내 자기 생존을 위한 투쟁, 쾌락 추구, 고통 회피, 그리고 피할 수 없는 죽음에서 벗어나려는 데 시간을 허비한다. 그러나 쾌락을 추구할수록 생존경쟁은 더욱 치열해지고, 고통은 심해지며, 죽음은 점차 다가온다. 다가오는 죽음에서 도망치는 방법은 하나밖에 없다. 즉, 쾌락을 더 많이 추구하는 것이다. 그러나 쾌락에 적응해버리면 만족도는 높아지지 않고 도리어 고통으로 변한다. 나중에는 점점 커져가는 고통과 그 고통 속에 점점 다가오는 죽음에 대한 공포만이 남는다. 이를테면 하나가 다른 것의 원인이 되고, 또 하나가 다른 것을 조장하는 식의 악순환이 나타나는 것이다. 인생의 의미를 이해하지 못하는 사람들에게 가장 두려운 것은, 그들이 쾌락이라고 생각하는 것(부자들이 누리는 온갖 열락)이 모든 사람에게 골고루 분배될 수 있는 것이 아니라 남에게서 빼앗아야 하는 것이라는 점이다. 다시 말해 악이나 폭력을 사용해 남에게서 빼앗지 않으면 쾌락을 얻을 수 없다. 따라서 쾌락은 사랑과 정면으로 대립하며, 쾌락을 증대할수록 대립의 정도도 심해진다. 즉, 쾌락을 얻기 위한 투쟁이 심할수록 인간이 얻을 수 있는 유일한 행복인 사랑은 더욱더 불가능해진다.

사람들이 이해하는 인생이란

사람들은 합리적 의식에서 생명을 대하는 것처럼 인생을 이해하지 않는다. 즉, 동물적 자아가 이성에 따라야 한다는 사실을 이해하지 못한다. 그리고 인간만이 가지고 있는 모든 인간에 대한 호의를 참된 사랑으로 이끄는 활동으로 이해하지 않고 인생을 육체적 생존으로만 이해한다. 다시 말해 모든 사람에 대한 호의의 가능성을 배제하고, 자기 자신이 만든 조건 아래에서 일정한 기간 동안 존속하는 육체적인 존재로서 인생을 이해하는 것이다.

세상의 통념을 따르면서 생존경쟁에서 살아남으려고 노력하는 사람들에게 인생의 행복은 더 나은 삶을 지향하는 데 있다. 그러나 생존의 외적 조건을 더 좋게 하려면 다른 사람을 더 강하게 압박해야 하고 이는 곧 사랑과 정면으로 대립하는 행위다. 생존의 외적 조건을 좋게 하면 할수록 자연히 그는 사랑과 참된 생명으로부터 점점 멀어지는 것이다.

이러한 사람들은 동물적 생존의 행복이 모든 사람에게 제로zero와 같은 까닭을 이해하는 데 자신의 이성을 사용하지 않는다. 오히려 이 제로를 증대시키거나 감소시킬 수 있는 것으로 생각한다. 그들은 어떻게 해서든지 외적 조건을 개선하는 데 자신의 이성을 모조리 허비한다. 즉, 사람들은 제로에 무엇을 곱해도 다시 제로가 된다는 사실을 깨닫지 못하는 것이다. 동물적 자아의 생존은 한결같이 비참하며 어떠한 외적 조건으로도 행복해질 수 없다는 사실을 많은 사람이 모르고 있다.

행복 속에 안주해 참된 생활에 대한 호소를 비웃다

사람들은 어떠한 존재도 육체적 존재로서는 다른 존재 이상으로 행복해질 수 없다는 것을 이해하려고 하지 않는다. 이것은 마치 호수의 표면에서 무슨 짓을 하더라도 어느 한 부분을 높일 수 없는 것과 같은 이치다. 그런데도 이것을 이해하지 못한다.

사람들은 자신의 이성을 제대로 사용하지 않은 결과 이러한 사실을 깨닫지 못하고, 왜곡된 이성을 사용하여 불가능한 일을 도모하려 한다. 즉, 그들은 호수 표면 한 곳의 물을 호수 전체의 수면 이상으로 들어 올리는 일에 자기 일생을 바치는 것이다. 이것은 마치 욕조에 들어가 맥주를 만들겠다며 거품을 내는 아이들의 장난과 무엇이 다른가.

정도의 차이는 있겠으나 그들은 인간의 삶을 풍요롭고 행복한 것이라고 생각한다. 그들은 이렇게 말한다.

"가난한 노동자나 병자들의 생활은 비참하고 불행하다. 하지만 부자나 건강한 사람의 생활은 풍요롭고 행복하다."

그래서 그들은 자기 이성의 온 힘을 동원해 가난과 질병에 따르는 비참하고 불행한 생활이 아닌, 부유하고 건강하여 행복한 생활을 누리는 존재가 되기 위해 애쓴다.

그들은 몇 대에 걸쳐서 여러 가지 형태의 행복한 생활을 계획하고 유지해나갈 방법을 만들어내는 데 몰두한다. 또한 자신이 생각하는 최고의 생활(동물적 생존의 프로그램)을 다음 세대에 전한다. 그러면 다음 세대는 부모로부터 물려받은 행복한 생활을 되도록 최상의 형태로 유지하려고 노력하고, 한층 더 새롭고 행복한 생활을 꾸려나가려고 애쓴다. 그들은 자신이 상속받은 생존의 프로그램을 계속 유지하면서, 또는 자기가 더 낫다고 여기는 새로운 생활을 만들어냄으로써 마치 무엇인가 대단한 일이라도 하는 듯이 생각한다.

이와 같은 잘못된 생각 속에서 사람들은 서로 격려하면서, 때로는 그들 자신도 무의미하다는 것을 잘 알면서도 이 어리석기 짝이 없는 물장난 속에 인생이 있다고 확실하게 믿어버린다. 그리고 자신의 귀에 끊임없이 들리는 참된 생활에 대한 호소를 간단히 무시해버린다. 진리의 가르침이나 참된 삶을 깨달은 사람들의 생활, 혹은 심장 박동이 멈추더라도 이성과 사랑의 목소리는 결코 사라지지 않는다는 참된 생활에 대한 호소를 가벼운 비웃음으로 외면하리만큼 그들은 자신의 생각에 빠져버리는 것이다.

대다수의 사람은 이성과 사랑으로 이어진 삶을 누릴 가능성이 있는데도 그들은 마치 불타는 축사에서 끌려 나오는 양 떼와 같이 행동한다. 불길 속에서 끌려 나오는 양 떼는 사람들이 자신을 불 속으로 던지려는 줄로만 알고 죽을힘을 다해서 발버둥 친다.

사람들도 죽음의 공포에 사로잡히면 엉뚱하게 행동한다. 고통에 대한 공포로 사람들은 자신을 괴롭히거나 행복한 생활을 스스로 파괴해버리는 것이다.

#28

죽음의 공포, 그 모순된 의식

풀기 어려운 인생의 모순된 의식

죽음의 공포는 풀기 어려운 인생의 모순된 의식에 지나지 않는다.

"죽음은 없다"라고 진리의 목소리는 말한다. "나는 부활이요, 생명이니 나를 믿는 자는 죽어도 살겠고 무릇, 살아서 나를 믿는 자는 영원히 죽지 아니하거니 이것을 네가 믿느냐?"

"죽음은 없다"라고 세계의 위대한 스승들은 모두 말했다. 인생의 의미를 이해하는 수백만의 사람도 역시 같은 말을 했고, 그들 스스로 삶을 통해 증명했다. 그리고 의식이 있는 사람이라면 누구나 자신의 영혼 속에서 이와 같은 것을 느끼지 않을 수 없을 것이다. 반면에 인생을 이해하지 못하는 사람들은 죽음을 두려워한다. 그들은 죽음만을 보고, 죽음을 믿는다. 그들은 분개한 목소리로 이렇게 외친다.

"어찌 죽음이 없단 말인가? 그것은 궤변이다! 죽음은 우리의 눈앞에 있다. 무수한 사람이 죽음에 당했고 또 이제는 우리도 쓰러뜨리려고 한다. 너희가 아무리 죽음이 없다고 우겨대도 죽음은 여전히 있는 것이다. 지금 이 시간에도 있지 않은가!"

그들은 마치 정신병자가 자기에게만 보이는 무서운 환영을 대하듯 그 죽음을 보고 있는 것이다. 그들은 이 환영을 만져볼 수 없고 이 환영도 아직 그들을 만져본 적이 없다. 이 환영이 어떤 의도를 가지고 있는지 그들은 모른다. 그러면서도 그들은 이 실재하지 않는 환영을 두려워하고 괴로워한 나머지 살아갈 힘마저 잃어버린다. 죽음도 이 환영과 같다. 인간은 자기의 죽음을 알지 못하고 또 결코 그것을 알 수도 없다. 그런데 그는 무엇이 두렵다는 것인가?

죽음은 인생의 필요충분조건

인생을 이해하지 못하는 사람들은 이렇게 말한다.

"죽음은 아직 한 번도 나를 사로잡은 일이 없다. 하지만 죽음은 언젠가 나를 덮칠 것이다. 나는 분명히 알고 있다, 죽음이 조만간 나를 덮쳐서 멸망시키리라는 것을. 그래서 죽음이 무서운 것이다."

그릇된 인생관을 품고 있는 사람일지라도 그들이 만일 냉정히 생각할 수 있고 인생에 대해 품고 있는 관념의 바탕을 올바르게 생각할 수 있다면, 그들은 다음과 같은 결론에 도달할 것이다. 즉, 모든 존재는 끊임없이 생겼다가 사라지며, 우리의 육체적 생존이 죽음이라는 변화를 만나더라도 불쾌하거나 두려워할 일은 아니라는 것을.

나는 언젠가 죽는다. 거기에 무슨 두려움이 있겠는가? 육체적 생존을 하는 동안 여러 변화가 일어났으며 지금도 일어나고 있지 않은가? 게다가 나는 그 변화를 두려워하지 않았다. 그렇다면 아직 일어나지도 않는 변화를 두려워할 이유가 없지 않은가? 첫째 이 변화에는 내 이성이나 경험에 거슬리는 것이 하나도 없다. 그뿐만 아니라 내가 완전히 이해할 수 있으며 익숙한 자연현상이기도 하다. 그렇기 때문에 나는 이제까지 죽음을 생각할 때 그것은 동물이든 인간이든 어쩔 수 없는 것이며 심지어 인생의 필요충분조건이라고 생각했다. 그런데 무엇이 두렵겠는가?

두 가지 인생관

엄밀히 말해서 논리적 인생관에는 오직 두 가지가 있을 뿐이다. 그 하나는 그릇된 인생관으로, 태어나서 죽을 때까지 육체에 생기는 모든 현상을 인생으로 보는 것이다. 또 다른 하나는 참된 인생관으로, 자기 눈에 보이지 않는 의식을 인생이라고 보는 것이다. 사람들은 이 두 가지 인생관 중 어느 쪽이든 택할 수 있지만, 어느 인생관이든 죽음의 공포는 있을 수 없다.

그릇된 인생관은 인생을 세상에 태어나서 죽을 때까지 우리의 육체에서 일어나는 눈에 보이는 현상으로 해석한다. 이러한 인생관은 이 세계와 마찬가지로 오랜 옛날부터 있어왔다. 이것은 많은 사람이 생각하고 있듯이 현대의 유물론적 과학이나 철학이 만들어낸 것은 아니다. 현대과학과 현대철학은 이 인생관을 극한까지 밀어붙여 해석했을 뿐이고, 그 결과 이 인생관이 인간 본성의 기본적인 요구에 적합하지 못하다는 것을 전보다 더욱 분명하게 드러냈을 뿐이다. 어쨌든 이는 미개한 단계에 있던 인간들에게서 엿볼 수 있는 원시적인 인생관이다. 그리고 중국인, 불교도, 유대인뿐 아니라 "인간은 흙이니 흙으로 돌아가라"라고 하는 잠언 속에서도 찾아볼 수 있다.

이런 견해를 오늘날의 말로 표현하면 이렇다.

"생명, 이것은 공간과 시간에 나타난 물질의 힘이 일으킨 우연한 장난이다. 우리가 의식이라고 부르는 것은 생명이 아니라 생명이 그 의식 속에 있는 것처럼 생각하는 일종의 환각이다. 그 환각 때문에 우리는 의식 속에 생명이 있다고 생각하는 것이다. 의식은 특정한 상태에 있는 물질이 내는 불꽃이다. 이 불꽃은 반짝 불길이 일어서 타올랐다가 사그라져 마침내는 아예 꺼지고 만다. 이 불꽃은 한정된 시간에만 물질이 경험하는 의식으로 본래 무無다. 그리고 의식은 자신과 무한의 세계를 보고, 또 자신과 모든 무한의 세계를 판단하고, 이 세상의 모든 우발적인 사건의 움직임을 보는데, 특히 이 움직임을 우연하지 않은 것과 대조해서 우연이라고 부른다. 그럼에도 이 의식은 본질적으로 단순히 죽은 물질의 산물이다. 아무런 흔적이나 어떠한 의미를 남기지 않고 일어나자마자 곧 꺼져버리는 환영인 것이다. 모든 것은 변화하는 물질의 산물에 불과하다. 생명이라고 불리는 것도 실은 죽은 물질의 특정한 상태에 지나지 않는다."

이 견해는 아주 논리적이다. 이 견해에 따르면 인간의 합리적 의식은 물질의 어떤 상태에 따르는 하나의 우연에 지나지 않는다. 우리가 의식 속에서 생명이라고 부르는 것도 역시 환영에 불과하며, 존재하는 것은 오직 죽은 것뿐이다. 우리가 생명이라고 부르는 것도 사실은 죽음의 유희다. 이런 인생관에서 보자면 죽음은 결코 두려워할 것이 아니다. 오히려 삶이 부자연스럽고 불합리한 것이다. 그러므로 우리가 두려워해야 할 것은 죽음이 아니라 삶이다. 이러한 견해는 불교나 근대 염세주의자(쇼펜하우어나 하르트만)에게서 찾아볼 수 있다.

참된 생명은 소멸하지 않는다

생명에 대한 또 다른 견해는 다음과 같다. 생명이란 우리 자신 속에서 의식하는 것에 지나지 않는다. 우리는 언제나 자신의 생명을 의식하지만 그것은 내가 지금까지 존재해왔다든가 앞으로 존재할 것이라는 식이 아니라(나는 생명에 대해서 이런 식으로 생각한다), 현재 존재하고 있다는 식으로 의식하는 것이다. 즉, 시작도 끝도 없이 존재하고 있는 자기로서 생명을 인식하는 것이다. 말하자면 우리 자신의 의식 속에는 시간과 공간의 개념이 전혀 없다. 우리의 생명은 분명히 시간과 공간의 테두리 속에서 나타나지만 그것은 단지 형태만 그럴 뿐, 우리가 의식하는 생명 자체는 시간과 공간을 초월하는 것이다.

이 인생관에 의하면 모든 것이 앞의 견해와 정반대가 된다. 즉, 생명의 의식은 결코 환영이 아니라 오히려 시간과 공간에 제약된 것이야말로 환영이라고 할 수 있다. 따라서 이런 결론을 내릴 수 있다.

"육체적 생존이 시간과 공간 속에서 단절되는 것은 아무런 실제적인 의미가 없다. 시간과 공간적 단절은 참된 생명을 끝나게 하지 못할뿐더러 해칠 수도 없다."

이 인생관 속에는 죽음이 존재하지 않는다.

알 수 없는 죽음보다 두려운 것은 우리가 알고 있는 삶

죽으면 끝이라고 생각하는 사람이든 그렇지 않다고 생각하는 사람이든 굳게 자기 확신을 가진다면 죽음의 공포는 일어나지 않는 것이 당연하다. 동물적 존재로서 혹은 합리적 존재로서 인간이 죽음을 두려워할 것까지는 없다. 동물은 생명에 대한 의식이 없기 때문에 죽음이 무엇인지 모른다. 이성적 존재는 생명에 대한 의식을 가지고 있으므로 육체의 소멸을 자연스럽고 피할 수 없는 물질 변화로 여긴다.

인간이 두려워하는 것이 있다면, 그것은 자신이 알지 못하는 죽음이 아니라 동물적 · 이성적 존재로서 알고 있는 생명이다. 사람들에게 죽음의 공포로 나타나는 감정은 삶의 내적 모순에 대한 의식일 뿐이다. 마치 유령에 대한 공포가 병적인 정신 상태의 의식에 지나지 않는 것과 마찬가지다.

"나는 존재하지 않게 된다. 죽을 것이다. 내 생명을 이루는 모든 것은 죽을 것이다"라고 어떤 목소리가 말한다.

"나는 존재한다" 하고 다른 목소리가 말한다.

"나는 죽을 수 없으며, 또 죽어서도 안 된다. 그런데 나는 죽어가고 있다."

사람들이 죽음을 생각할 때 두려움에 사로잡히는 것은 이러한 모순 때문이다. 결코 죽음 그 자체가 공포를 일으키는 것이 아니다. 즉, 죽음의 공포는 동물적 생존의 중단을 두려워하는 것이 아니라 죽을 수 없는, 또 죽어서는 안 될 것이 죽어가고 있다고 생각하는 데 있다. 미래의 죽음에 관한 생각은 현재 이루어지고 있는 죽음의 관념을 미래로 옮겨놓은 것에 불과하다. 자기 육체가 언젠가는 죽을 것이라고 깨닫는 것은 죽음의 자각이 생겼음을 의미하지 않는다. 오히려 삶에 대한 자각이 생겼음을 의미한다. 인간이 본래 가지고 있어야 하는데 가지고 있지 않은 삶에 대한 자각 말이다. 이 자각은 무덤에 묻혔다가 살아서 돌아온 사람이 경험할 수 있는 느낌과 비슷한 감정이다.

자살, 거짓된 삶 자체가 공포라는 분명한 증거

"살아 있다. 그런데 나는 죽음 속에 있다. 아니, 살아 있는 것이 곧 죽음이다."

그에게는 존재하고 있는 것, 본래 있어야 할 것이 죽어가고 있는 것처럼 느껴진다. 이 때문에 인간의 두뇌는 혼란스러워지고 공포에 사로잡힌다. 죽음의 공포는 죽음 자체가 아니라 거짓된 삶 자체에 있다. 그에 관한 가장 분명한 증거는 인간이 자주 죽음의 공포 때문에 자살한다는 사실이다.

사람들이 육체의 죽음을 두려워하는 이유는 죽음과 함께 자신들의 생명이 끝나서가 아니라 육체의 죽음이 그들이 가지지 못한 참된 생명을 분명하게 보여주기 때문이다. 그래서 생명의 의미를 이해하지 못하는 사람들은 죽음에 대해 생각하기를 매우 싫어한다. 그들이 죽음에 대해 생각한다는 것은 자신들이 합리적 의식의 요구에 따라서 살고 있지 않음을 스스로 인정하는 것과 다름없기 때문이다.

사람들이 죽음을 두려워하는 것은 죽음을 무無와 암흑으로 생각하기 때문이다. 그러나 죽음을 그렇게 생각하는 것은 그들이 생명을 제대로 보지 않는다는 증거일 뿐이다.

29

육체의 죽음

자아를 육체의 의식으로 생각하는 사람들

육체의 죽음은 공간에 있어서 유한한 육체와 시간에 있어서 유한한 의식을 완전히 파괴하지만 생명의 바탕을 이루는 것, 세계에 대한 각 존재의 특수한 관계를 소멸시킬 수는 없다.

생명을 이해하지 못하는 사람들이라 하더라도 자신을 놀라게 하는 환영에 한 걸음 더 다가가 직접 만져보고자 한다면, 환영은 그저 환영일 뿐 결코 실재가 아님을 알게 될 것이다.

사람들이 늘 죽음의 공포를 느끼는 이유는 육체의 죽음과 더불어 자신의 생명을 구성하고 있는 '자아'를 잃을까 두려워하기 때문이다.

"내가 죽으면 육체는 해체되고, 그러면 나의 자아는 소멸할 것이다. 이토록 오랜 세월 내 육체 속에서 살아온 이 자아가 소멸해버릴 것이다."

사람들은 자아를 소중히 여긴다. 그리고 자아가 자신의 육체적 출생과 함께 생겼다고 간주하고 육체의 사멸과 함께 자아도 당연히 소멸할 것이라고 결론 내린다.

이 결론은 극히 보편적인 것으로 여기에 대해 의심하는 사람은 결코 없을 것이다. 하지만 사실 이 결론은 자기 멋대로 내려진 것이라 할 수 있다. 자신을 물질주의자라고 말하는 사람이나 정신주의자라고 말하는 사람 모두 '자아'는 오랫동안 살아온 육체의 의식에 지나지 않는다는 확신에 빠져 있다. 그래서 그들 머릿속에는 결론이 옳은지 그른지를 검토해볼 생각조차 떠오르지 않는 것이다.

자아에 대하여

나는 59년 동안 살아왔다. 살면서 육체 속에 있는 나를 항상 의식해왔다. 나를 의식하는 이 자의식이야말로 내 본연의 모습이고 생명이라 생각했다. 그러나 이것은 그저 내 안의 생각에 그쳤다. 내가 살아온 시간은 실은 59년도, 5만 9천 년도, 59초도 아니다. 내 육체가 살아온 기간도 내 '자아'의 생명을 결정짓지는 못한다. 만일 살면서 어느 한순간에 내 의식 속에 있는 자아를 향해 "나는 무엇인가?" 하고 묻는다면, 나는 "생각하기도 하고 느끼기도 하는 그 무엇"이라고 대답할 수밖에 없다. 즉, 전혀 다른 모습으로 세계와 관계를 맺고 있는, 생각하거나 느끼는 그 무엇이라고. 나는 자아를 이런 식으로 인정할 뿐 그 외에는 아무것도 인정하지 않는다.

언제 어디서 내가 태어났고 언제 어디서 내가 이처럼 느끼거나 생각하게 되었는가, 또는 지금 내가 어떻게 생각하고 느끼는가에 대해 전혀 아는 바가 없다. 나의 의식이 나에게 알려주는 것은 내가 존재하고 있다는 것, 즉 내가 세계에 대해 현재와 같은 상태로 관계를 맺으면서 존재하고 있다는 것뿐이다. 나는 내가 태어난 것을 기억하지 못한다. 어린 시절의 일, 청소년 시절의 일, 장년 시절의 일, 그리고 극히 최근의 일도 나는 전혀 기억하지 못할 때가 많다. 만일 내가 과거의 무엇을 기억하고 있거나 혹은 기억을 더듬어 생각해낸다고 하더라도 그것을 남의 소문처럼 알고 있거나 기억해낸 것에 불과하다. 그렇다면 어떤 근거로 살아온 모든 기간을 통해 내가 항상 똑같은 하나의 나였다고 단정할 수 있을까? 내가 소유하는 하나의 육체라는 것은 지금도 없고, 또 이제까지도 전혀 있지 않았던 것이다. 나의 육체는 언제나 비물질적이고 눈에 보이지 않는 것을 통해서 끊임없이 흐르는 하나의 물질로 구성되어왔고, 현재도 역시 그렇다. 나의 육체는 수십 번이고 변화해왔다. 그 어느 하나도 옛날의 낡은 상태로 있는 것은 없다. 근육도 내장도 골격도 모두 변해버린 것이다.

남과 나를 구별하는 의식

나의 육체가 하나인 것은 단지 끊임없이 변화하고 있는 육체가 하나라는 것, 즉 자기 것으로 인정하는 어떤 비물질적인 것이 존재하기 때문이다. 이 비물질적인 것이야말로 우리가 의식이라고 부르는 것이다. 결국 이 의식이 육체를 동일한 것으로 여겨서 이를 하나의 것, 즉 자기 것으로 인정하는 것이다. 자신과 남을 구별하는 이 의식이 없었다면 나는 내 생명과 다른 생명에 대한 그 어떤 것도 몰랐을 것이다. 그러므로 사람들은 모든 것의 기초인 이 의식을 불변하는 것이라 생각한다. 하지만 이것은 잘못된 생각이다. 의식도 역시 변화하기 쉬운 것이다. 전 생애를 걸쳐서 우리는 수면이라는 현상을 되풀이하고 있다. 이 현상을 누구나 경험하기 때문에 간단한 일로 생각한다. 하지만 이것은 이해하기 어려운 현상이다. 잠을 자는 도중에는 의식이 완전히 중단되는 일이 있다는 사실을 생각할 때는 더욱 그렇다.

의식은 우리가 날마다 깊이 잠들어 있을 때면 멈추지만 잠에서 깨어나면 다시 돌아온다. 이 의식은 육체와 동일성을 유지하고, 이를 자기 것으로 인정하는 유일한 근거가 된다. 그리고 의식이 중단되면 육체는 해체되어 그 동일성을 잃을 듯이 생각하지만 그런 일은 자연적 수면뿐 아니라 인위적 수면에서도 결코 일어나지 않는다. 즉, 육체를 하나로 간주하는 의식이 정기적으로 멈추더라도 육체는 결코 해체되는 일이 없다. 그뿐만 아니라 의식도 육체와 마찬가지로 변화한다.

동일한 육체도, 유일한 육체도 존재하지 않는다

10년 전에 나의 몸을 이루고 있던 물질과 현재 내 몸을 이루고 있는 물질은 전혀 공통점이 없다. 동일한 육체가 없었던 것처럼 동일한 의식 역시 나의 내부에는 없다. 세 살 때 나의 의식과 현재의 내 의식은, 지금 내 육체를 이루고 있는 물질과 30년 전 내 육체를 이루던 물질이 다른 것과 마찬가지로 서로 다른 것이다. 하나이면서 변하지 않는 의식이란 있을 수 없다. 무한히 분할할 수 있는 계속된 일련의 의식이 있을 뿐이다. 다시 말해 육체를 하나로 간주하고 이를 자신의 것으로 인식하는 의식도 동일한 것이 아니라 중단되거나 변화한 '어떤' 것이다. 말하자면 '나'라는 의식은 우리가 흔히 생각하고 있는 것처럼 동일한 동시에 변화하지 않은 채 우리 속에 존재하지 않는다. 마치 동일한 육체가 존재하지 않는 것과 같다. 인간에게는 동일한 육체도 없고 유일한 육체도 없거니와 그 육체를 다른 것과 구별하는 개체로서의 동일한 의식도 없다. 그와 마찬가지로 한 사람의 생애를 통해서 언제나 변하지 않는 유일하고 동일한 의식은 존재하지 않고, 그저 서로 무엇인가에 따라서 결합되어 이어지는 일관된 의식이 있을 뿐이다. 그래도 우리는 변함없이 자신을 자신이라고 느낀다.

자아란, 이게 좋고 저게 나인 것이다

우리의 육체는 유일한 것이 아니며 변화하지 않는 것이 아니다. 변화하는 육체를 계속해서 자신의 것으로 인식함은 시간적 연속이 아니라 그저 변화해가는 일련의 의식에 불과하다. 그리고 우리는 헤

아릴 수 없을 정도로 자기의 육체와 의식을 잃고 있다. 끊임없이 육체를 잃고, 매일 잠들 때마다 의식을 잃는다. 그리고 매일, 매시간이 의식의 변화를 느끼면서도 이를 좀처럼 두려워하지 않는다. 만일 우리가 죽을 때 잃을 것을 두려워하는 우리의 자아라는 것이 실제로 있다면, 그 자아는 우리가 자기의 것이라고 부르는 육체 속이나 어느 일정한 시간만 자기의 것이라고 부르는 의식 속에 존재할 리 없다. 계속해서 생기는 여러 의식을 하나로 결합해 통일하는 '그 무엇' 속에 있어야만 되는 것이다.

그렇다면 계속해서 생기는 여러 의식을 하나로 결합하는 것은 무엇인가? 육체의 생존과 이 육체 속에 일어나는 일련의 계속된 의식의 단순한 결합이 아니라 여러 의식을 마치 하나의 꼬챙이로 꿰는 것처럼 하나로 통합해나가는 것, 즉 자아란 무엇인가? 이 의문은 매우 심원하여 어렵게 느껴진다. 그러나 이 문제의 해답을 모르는 사람은 없다. 어린아이들도 하루에 스무 번씩이나 이 해답을 입 밖으로 내고 있다.

"나는 이게 좋아, 저건 싫어."

이 말은 매우 단순하지만 이 말 속에는 모든 의식을 결합시키는 "자아란 무엇인가"라는 물음에 대한 해답이 들어 있다. 즉, 자아란 이게 좋고 저게 싫은 나인 것이다. 어찌하여 하나의 인간이면서 이것은 좋고 저것은 싫은 것인가? 다시 말해 어떤 것은 사랑하고 어떤 것은 사랑하지 않는 것인가? 그 이유는 아무도 모른다. 그러나 어떤 것은 사랑하고 어떤 것은 사랑하지 않는 인간의 특성이 각 개인의 생명의 근본을 이루고 시간적으로 달라지는 각 개인의 의식 상태를 하나로 결합하는 것이다.

사람마다 받아들이는 정도가 다르다

외부 세계는 모두 사람에게 동일하게 작용한다. 그러나 같은 조건이라고 하더라도 사람들이 받아들이는 정도에는 차이가 있다. 즉, 받아들이는 사람의 감각에 따라 그 인상은 무한히 세분화할 정도로 다양하다. 소홀하거나 은밀할 수도 있고, 강하거나 약할 수도 있는 것이다.

이러한 인상에 의해 각 개인에게서 일어나는 의식은 하나로 연속적으로 이어진다. 그러나 계속 일어나는 의식이 통합되는 것은 그때 그 순간 그의 인상에 강하게 작용하는 인상과 전혀 작용하지 않는 인상이 있기 때문이다. 사람마다 어떤 인상은 강하게 작용하는가 하면 어떤 인상은 전혀 작용하지 않기도 한다. 다시 말해 그 사람이 어떤 것을 조금이나마 좋아했는가 좋아하지 않았는가에 따라 달라진다.

이러한 결과에 따라 인간의 내부에서 어떤 일련의 의식이 이루어진다. 그러므로 어떤 것을 사랑하고 어떤 것을 사랑하지 않는다는 특성에서 인간 고유의 근원적인 자아가 성립된다. 이 특수성은 우리의 생애에 계속해서 발전하지만, 우리가 이 세상에 태어날 때 이미 갖추고 있던 것이다.

타인과 진지하게 교류할 때는 겉모습에 좌우되지 않아야

어떤 것은 좋아하고 어떤 것은 좋아하지 않는다는 인간의 특성을 우리는 보통 '기질'이라고 부른다. 이 기질이라는 말을 일정한 장소와 시간과 조건 밑에서 이루어지는 각 사람의 고유한 성질로 보는 경우가 많은데 이것은 잘못된 생각이다. 어떤 것은 좋아하고 어떤 것은 좋아하지 않는다는 인간의 특성은 공간이나 시간의 조건 아래서 생기는 것이 아니다. 인간은 이 세상에 태어날 때 이미 어떤 것은 좋아하고 어떤 것은 좋아하지 않는 매우 결정적인 특성을 지니고 있었다. 그 때문에 같은 시간과 공간이라는 조건에서 태어나 자란 사람들이 때로는 극단적으로 상반된 내적 자아를 보여주는 경우가 일어나기도 한다.

우리의 육체 속에서 제각기 서로 다른 의식을 결합하는 것은 시간과 공간의 조건에서 독립되어 있지만 극히 제한적인 '그 무엇'이다. 그것은 시공간을 초월한 영역에서 이 세계로 왔다. 세계에 대한 어떤 특수한 관계 속에 이루어지는 그 무엇이야말로 나의 실제적 자아다. 내가 나 자신을 이해하는 것은 이 근본적 특질에 의해서다. 내가 타인을 안다면, 그들을 이 세계와 어떤 특수한 관계를 맺고 있는 존재로서만 아는 것이다. 누구든지 다른 사람들과 진지하게 정신적 교류를 할 때는 외형적 특성에 좌우되지 않고 그들의 내면을 알려고 노력한다. 그리고 그들이 세계와 어떤 관계를 맺고 있는지 알려고 하고 그 사람이 무엇을 얼마나 좋아하고 좋아하지 않는지를 알려고 애쓴다.

세계와 나의 특수한 관계

만일 개, 말, 소와 같은 동물을 사귈 수 있어서 정신적 교감을 한다면 동물들의 겉모습으로 아는 것이 아니라 그들이 무엇을 얼마나 좋아하고 좋아하지 않는지를 통해 아는 것이다. 내가 여러 종류의 동물을 구별할 수 있는 것은, 엄밀한 의미에서 말하자면 그 동물들의 겉모습이 아닌 세계와 맺고 있는 그들의 특수한 관계 때문이다. 즉, 사자는 사자가 좋아하는 것이 있고 물고기는 물고기가 좋아하는 것이 있다. 그리고 거미는 거미대로 좋아하는 것이 있다. 이처럼 여러 동물이 좋아하는 것이 각각 다르기 때문에 나는 그들을 다른 동물과 식별할 수 있다.

그러나 내가 동물들이 제각기 세계와 맺고 있는 특수한 관계를 미처 파악하지 못했다 하더라도 동물들이 세계와 맺고 있는 특수한 관계가 본래 존재하지 않았다는 사실을 증명하는 것은 아니다. 한 마리의 거미가 이 세계에서 맺는 관계와 나 자신이 세계와 맺는 관계는 아주 동떨어진 것이어서 나는 이탈리아의 시인 실비오 펠리코*가 거미를 이해했던 것처럼 이해하고 있지 않음을 증명하는 데 그칠 뿐이다.

---

* 이탈리아의 시인. 옥중에 있을 때 거미와 특히 가까이 지냈다고 한다.

내가 나 자신이나 외부 세계에 관해서 알고 있는 모든 일의 바탕에는 이 세계와 나의 특수한 관계가 존재한다. 그 결과 세계와 각각 특수한 관계를 맺고 있는 다른 생물을 알게 되었다. 그러나 외부 세계와 맺고 있는 나의 특수한 관계는 내가 이 세상에 태어나서 확립된 것이 아니다. 나의 육체와 함께 시작된 것도 아니며, 시간의 흐름에 따라 계속 이어지는 의식과 함께 시작된 것도 아니다.

그러므로 시간적 의식에 의해서 하나로 결합된 내 육체는 없어지고, 시간적 의식 자체도 소멸될지 모른다. 하지만 특수한 자아를 형성한 나와 모든 것을 나를 위해서 창조된 세계가 맺은 특수한 관계는 절대로 소멸될 리 없다. 왜냐하면 그것만이 실재하기 때문이다. 만일 그것이 존재하지 않는다면 나는 내 안에서 계속해서 일어나는 의식의 연속을 알지 못했을 것이며 내 육체, 나 자신의 생명이나 다른 사람의 생명도 몰랐을 것이다. 그러므로 육체와 의식의 소멸은 세계와 맺은 나의 특수한 관계가 사라진다는 것을 의미하지 않는다. 그 관계는 내가 이 세상에 태어났을 때 시작된 것이 아니기 때문이다.

30

죽음의 공포와 인생관

죽음에 직면했을 때

죽음의 공포는 사람들이 유한한 생명의 일부분을 인생이라고 믿는 그릇된 관념에서 생긴 것이다.

우리는 죽음에 직면했을 때 육체와 시간 속에서 나타나는 의식을 하나로 결합하는 '자아'가 사라질 것을 두려워한다. 그러나 이 독자적인 자아는 나의 출생과 더불어 시작된 것이 아니기 때문에 어떤 일시적인 의식의 중단은 모든 일시적인 의식을 하나로 결합하는 것을 파괴할 수는 없다.

육체의 죽음은 실제로 육체를 결합하여 유지하는 것, 즉 일시적인 생명의 의식을 파괴한다. 이것은 우리가 매일 잠잘 때에 언제나 일어나는 현상이 아닌가? 문제는 육체의 죽음이 모든 연속적 의식을 하나로 결합하는 것, 즉 세계와 내가 맺고 있는 특수한 관계마저 파괴하느냐 하는 점이다. 이것을 알아보기 전에 우선 이 모든 연속적인 의식을 하나로 결합하는 나와 세계에 대한 특수한 관계가 우리의 육체적 생존과 함께 태어난 것이고, 육체와 함께 죽는 것임을 증명해야 한다. 하지만 이런 일은 없다.

자아는 시공간을 벗어난 피안에서 생긴 것

자신의 의식을 바탕으로 생각해보면 알 수 있듯이 모든 의식을 하나로 결합하는 것은 어떤 것은 받아들이고 다른 것에는 냉담한 결과다. 그리하여 나의 내부에 하나는 남고 다른 것은 사라져버린다. 즉, 선을 사랑하는 것과 악을 혐오하는 것, '나'라는 자아를 형성하는 세계와 나의 특수한 관계는 어떤 외적 원인에서 생겨난 것이 아니라, 내 삶의 온갖 다른 현상의 근본적인 원인임을 알게 된다.

또 관찰적인 측면에서 생각했을 때, 처음에는 내 자아의 두드러진 성격의 원인이 부모, 그리고 부모와 나에게 동시에 영향을 끼친 모든 조건의 특수성에 있다고 본다. 그러나 이러한 방식으로 더 추리해나가면, 만일 나의 특수한 '자아'가 부모와 그들에게 영향을 주었던 여러 조건의 특수성에서 비롯되었다면, 그것은 조상 전체의 특수성과 그들이 생존하던 조건 속에도 있어야 된다. 이처럼 한없이 거슬러 올라가면 시간과 공간을 벗어난 피안에 이르게 된다. 그래서 나의 특수한 자아는 공간과 시간 밖에서 생긴 것이라는 결론이 나온다.

이와 같이 죽음과 함께 끝나지 않을까 두려워하는 우리의 '자아'는 시간과 공간을 초월한 기초 위에 있다. 내가 기억할 수 있는 모든 의식과 기억으로 알 수 있는 생활 이전의 모든 의식(플라톤이 말한바 우리가 모두 자기 안에서 느끼듯이)이 결합한 관계, 즉 나와 세계의 특수한 관계 속에 자아가 있다.

잠과 죽음

우리가 기억해야 할 것은 두 가지다. 모든 의식을 하나로 결합하는 인간의 특수한 자아가 늘 존재한다는 사실과, 절멸하는 것은 오직 일정한 시간에 매인 의식의 흐름뿐이라는 것이다. 이 두 가지를 이해하기만 하면 육체의 죽음과 함께 시간적으로 의식이 절멸한다고 해서 참된 인간의 자아가 파괴될 수 없으며, 그것은 매일 잠자는 것과 다르지 않다는 것을 분명히 알게 될 것이다.

그 누구도 잠자는 것을 두려워하지 않는다. 깊은 잠에 빠질 때 죽음과 같은 시간적인 의식의 중단이 일어나지만 잠자는 것을 두려워하는 사람은 없다. 자는 것을 두려워하지 않는 것은 전에도 잠들었지만 언제나 틀림없이 깨어났기에 또 깨어날 거라 판단해서가 아니다(이 판단은 정확하다고 볼 수 없다. 천 번을 깨어났다고 해도 천한 번째에는 깨지 않을지도 모르니까). 어느 누구도 이런 식의 판단을 내리지 않는다. 이러한 판단은 그를 안심시키지 못할 것이다. 우리가 잠들 수 있는 이유는 인간의 참된 자아는 시간을 초월하며, 따라서 시간 속에 나타나는 의식의 중단은 삶을 파괴하는 것이 아님을 잘 알고 있기 때문이다.

인간은 육체의 변화를 두려워하지 않는다

동화책에 나오는 이야기처럼 앞으로 천 년 동안 잠을 잔다고 하더라도 그는 두 시간 잘 때와 마찬가지로 태평하게 잠자리에 들 것이다. 시간에 얽매이지 않는 참된 생명의 의식에 있어서는 백만 년이건 여덟 시간이건 마찬가지다. 참된 삶에는 시간이 존재하지 않기 때문이다.

육체가 소멸하면 현재의 의식도 소멸한다. 그러나 육체가 변화하는 것이나 일시적으로 다른 의식으로 바뀌는 것에 인간도 이제 익숙해져야 할 때가 되지 않았을까? 이런 변화는 인간의 기억이 미칠 수 있는 먼 옛날에 시작되어 끊임없이 일어나고 있다. 인간은 자기 육체의 변화를 두려워하지 않는다. 두려워하기는커녕 빠른 변화를 바라는 일조차 있다. 이를테면 빨리 성장하고 싶다, 빨리 어른이 되고 싶다, 빨리 완쾌하고 싶다는 식으로 말이다.

인간은 하나의 붉은 고깃덩어리에 지나지 않았다. 그리고 모든 의식은 위胃주머니의 요구에 집약되어 있었다. 그러던 인간이 지금은 수염을 기른 분별 있는 신사이거나 장성한 자식을 대견하게 여기는 부인이 되었다. 육체도 의식도 이전의 것과는 완전히 달라졌다. 그럼에도 인간은 현재의 상태로 이끈 변화를 두려워하지 않을뿐더러 오히려 환영한다.

그렇다면 앞으로 일어날 변화 가운데 그 무엇이 두려울까? 온전한 소멸이 두렵단 말인가? 그러나 모든 변화 속에 포함되어 있는 것, 말하자면 참된 생명의 의식은 육체의 탄생에서 비롯된 것이 아니다. 세계와 인간의 특별한 관계는 육체와 시간을 초월해서 시작된 것이다. 그렇다면 어떻게 시간과 공간의 변화가 시공간을 초월해 존재하는 것을 소멸시킬 수 있다는 것인가?

인간은 자기 삶의 극히 작은 부분만을 보고 삶의 전체를 보려고 하지 않는다. 오직 자기 마음에 드는 극히 작은 부분을 잃지 않을까 매일 전전긍긍한다. 이는 마치 자기 몸이 유리로 만들어졌다고 생각하는 미치광이가 뭔가에 부딪혀 넘어지자 "쨍그랑!" 하고 그 자리에서 숨이 넘어갔다는 우스운 이야기를 떠올리게 한다. 참된 인생을 얻고자 한다면 인간은 시간과 공간 사이에 나타나는 작은 한 부분이 아닌 생명 전체를 취해야 한다. 생명 전체를 취하는 사람에게는 더욱 많은 것이 주어지지만, 작은 한 부분만을 취하는 자는 이미 가지고 있는 것마저도 빼앗길 것이다.

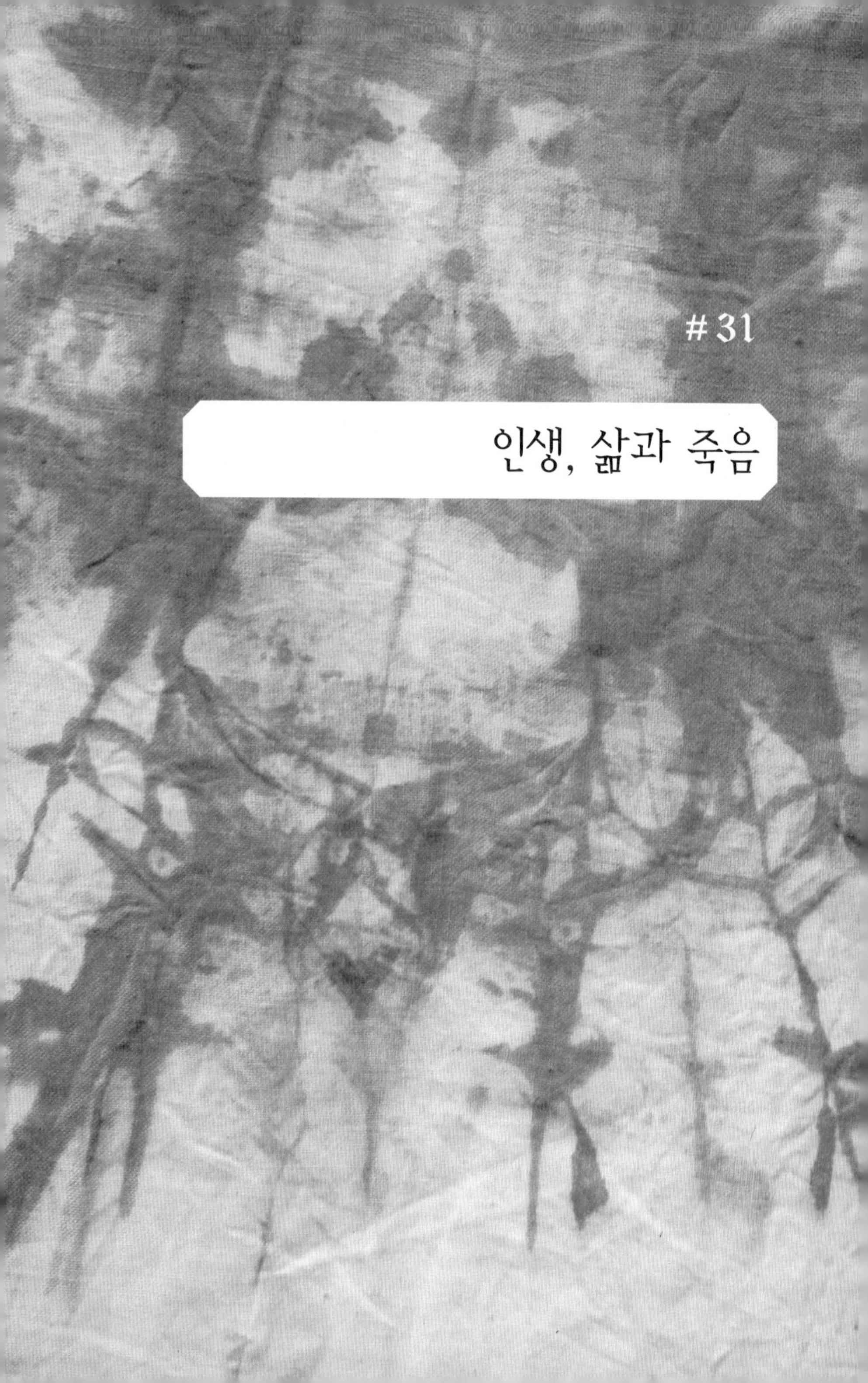

#31 인생, 삶과 죽음

죽음, 새로운 관계로 들어가는 길

인생은 세계에 대한 관계다. 삶의 운동은 새롭고 한층 높은 관계를 결정하는 일이다. 그러므로 죽음은 새로운 관계로 들어가는 길이다.

죽음이라는 관념에 빠진 사람들

우리는 인생을 세계에 대한 일정한 관계로만 이해한다. 우리는 자기 내부에 있는 생명은 물론 다른 사람 속에 있는 생명도 이렇게 해석한다. 그러나 우리가 내부에 있는 생명을 이해함은 이미 세계에 존재하는 관계로서만이 아니라 동물적 자아를 이성에 따르게 함으로써 더욱 큰 사랑을 나타내고, 자신과 세계의 관계를 새롭게 수립하는 것이다. 결국 우리가 스스로 인정하는 육체의 소멸은 현재 세계와 우리가 맺고 있는 관계가 영원한 것이 아니라는 것을 나타내고 따라서 새로운 관계를 수립하지 않으면 안 된다는 것을 보여준다. 새로운 관계를 수립, 즉 새로운 생명의 활동을 지속함으로써 죽음이라는 관념을 타파하는 것이다.

하지만 죽음의 관념을 깨뜨리지 못하는 사람들이 있다. 이들은 자기 인생의 의미를 세계와 이성적인 관계를 확립하여 더 큰 사랑을 나타나는 데서 발견하지 않고 태어날 때 세계와 맺었던 관계에 그대로 머물러 있는 사람들이다. 즉, 어느 것은 사랑하고 어느 것은 미워하는 정도의 관계에 끝까지 머무르는 사람들이 죽음의 관념을 갖는다.

생명은 끊임없는 운동이다. 태어났을 때 세계와 맺었던 관계를 그대로 유지하는 사람은 생명이 멈춘 것을 느끼고 거기서 죽음이라는 관념에 빠지고 만다. 죽음은 이러한 사람에게만 보이고, 두려움을 준다.

죽음이 미래가 아닌 현재의 일로 다가오기 때문에

죽음이 두려운 사람에게 있어서 사는 일은 그저 끊임없는 죽음일 뿐이다. 그에게는 죽음이 미래가 아닌 현재의 것으로 느껴지기 때문에 두려운 것이다. 그뿐만 아니라 어린 시절부터 노년에 이르기까지 동물적 생존은 끊임없이 쇠퇴를 계속한다. 유년에서 성년에 이르는 생존 활동은 일시적으로는 체력을 증진시키는 듯이 보이지만, 실은 출생에서 죽음에 이르기까지 끊임없이 지속되는 신체 여러 기관의 기능 저하이며 육체의 유연성과 생활력의 쇠퇴에 불과하다. 이런 사람들은 자기 눈앞에서 끊임없이 죽음을 목격한다. 그 어떤 것도 그 사람을 죽음에서 구해주지 못한다.

이런 상태에서 그의 삶은 시시각각으로 악화되어갈 뿐이다. 그 무엇도 그의 삶을 호전시킬 수 없다. 이런 사람들은 세계와 자신이 맺고 있는 특수한 관계, 다시 말해 어떤 것을 좋아하고 어떤 것은 좋아하지 않는 특성이 자신의 생존 조건 중 하나에 불과하다고 생각한다. 그리고 그들에게 세계와 새로운 관계를 확립하는 것, 즉 작은 사랑을 더 큰 사랑으로 키워나가는 것은 쓸데없는 일처럼 여겨진다. 그런 사람들은 피할 수 없는 신체 여러 기관의 기능 저하, 쇠퇴, 그리고 노화와 죽음으로부터 벗어나려는 헛된 노력을 하며 생애를 보낸다. 그러나 인생을 이해하는 사람에게는 그런 일이 없다.

참된 인생을 이해하는 사람들에게 주어지는 행복

인생을 이해하는 사람들은 알고 있다. 세계와 자신의 특수한 관계, 즉 어떤 것을 좋아하고 어떤 것을 좋아하지 않는 인간의 특성을, 자신이 알지 못하는 먼 과거에서 이 세상에 태어날 때 이미 지니고 있었다는 사실을 말이다. 인간의 특성이 자기 생명의 본질이며, 결코 우연한 발생으로 생명이 생긴 것이 아님을 알기 때문에 그는 생명의 활동, 즉 작은 사랑을 키워나가는 일에만 자신의 인생을 집중한다.

이런 사람은 인생에서 자신의 과거를 되돌아보고 자기의 기억 속에 있는 일련의 의식을 더듬으면서 다음과 같은 것을 확인한다. 즉, 세계와 자신이 맺은 관계가 변화되었으며 이성의 법칙에 따르면서 사랑의 강도가 한층 강화되었다는 점, 그리고 육체가 쇠약해져 감에도 때로는 정반대로 더 큰 행복이 주어졌다는 점을 말이다. 이러한 사람은 눈에 보이지 않는 아득히 먼 과거에서 그 생명을 취하고, 그 생명의 끊임없는 성장을 의식하면서 평안한 마음으로 기뻐하며 눈에 보이지 않는 미래로 그 생명을 옮겨 간다.

인생은 작은 사랑을 점점 큰 사랑으로 키워나가는 것

우리는 질병, 노화, 쇠약, 노망 같은 현상을 생명의 소멸이라고 생각한다. 그렇다면 이것이 누구한테나 적용되는 말인가? 나는 늙어서 완전히 어린아이가 되었다고 전해지는 사도 요한을 생각해보았다. 전하는 이야기에 따르면 사도 요한은 늘 "형제들이여, 서로 사랑하시오!"라고 말했다고 한다. 제대로 자기 몸을 움직일 수 없는 백 살 노인이 눈에 눈물을 가득 담고 서로 사랑하라는 말만 반복해서 중얼거린다. 이런 사람에게는 동물적 생존의 흔적을 거의 찾아볼 수 없다. 그 이유는 그 사람이 세계와 새로운 관계를 맺음으로써 육체의 생존 속으로는 더 이상 들어갈 수 없는 새 생명에 완전히 흡수되었기 때문이다.

인생을 참되게 있는 그대로 이해하는 사람에게는 병이나 노쇠로 인해 남은 목숨이 얼마 되지 않는다고 슬퍼하는 일은, 마치 빛을 향해서 걸어가는 사람이 빛에 가까이 다가갈수록 자기 그림자가 작아짐을 한탄하는 것과 다르지 않다. 육체가 소멸하면 자기 생명도 끝난다고 생각하는 것은 환한 빛 속으로 들어가자마자 물체의 그림자가 사라지는 것을 물체 자체가 없어지는 것으로 믿는 것과 같다. 또 너무 오랫동안 물체의 그림자를 바라보았기 때문에 도리어 그 그림자를 물체 자체라고 상상하는 사람도 같은 결론에 이를 수 있다. 그러나 시간과 공간에 매인 육체로서가 아니라 세계와 맺은 관계에서 자기 사랑을 더욱 확장해나가는 사람에게는 그림자의 소멸은 빛이 점점 널리 퍼져나간다는 증거일 뿐이다.

이 세상에 태어날 때 이미 자신이 가지고 온 세계에 대한 특수한 관계를 더욱 확장해나가는 사람은 소멸을 절대 믿지 않는다. 그에게 인생은 작은 사랑을 점점 큰 사랑으로 키워나가는 활동이기 때문이다. 이러한 그에게 자신이 소멸될 존재라는 것을 믿는 것은 자신을 양배추 잎사귀 밑에서 주워 왔다고 말하는 어머니의 말이나 자기 육체가 언젠가는 아무도 모르는 곳으로 날아가 버려서 아무런 흔적도 남지 않게 될 것이라는 이야기를 믿는 것과 같다.

32

육체의 죽음과 생명의 불멸

이 세상에서 죽음이 생명의 끝은 아니다

우리가 인식하는 생명 그 자체의 본질로 본다면 죽음의 미신은 더욱 명백해진다. 내 친구와 형제는 나와 같이 자랐지만 나처럼 살아가지는 않는다. 그들의 생명은 그들의 의식 자체이고 물질적 조건에 지배받고 있다. 말하자면 그들의 의식을 나타내기 위한 장소나 시간은 없으며 나에게 그들은 존재하지 않는 것이나 다름없다. 내게 형제가 있었고 우리는 우애 있게 지냈다. 하지만 지금은 이전의 그가 아니고 나는 그가 어디에 있는지 모른다.

"그와 나 사이에 모든 연락이 끊어졌다. 우리에게 그는 존재하지 않는다. 마찬가지로 나중에 남는 사람들에게도 존재하지 않게 될 것이다. 그런데 어째서 이것이 죽음이 아니라고 할 수 있단 말인가?" 라고 인생의 진정한 의미를 모르는 사람들은 말한다.

이러한 사람들은 외부적 교류가 끊긴 것에서 죽음의 실재적인 증거를 찾는다. 그런데 우리 주변 사람들의 죽음만큼 더 분명하게 죽음에 대한 관념이 환상이나 망상에 지나지 않는다는 사실을 보여주는 예도 없다. 피를 나눈 형제가 죽었다. 그래서 무슨 일이 일어났는가? 이것은 단지 시간과 공간 속에서 볼 수 있던 세계와 그가 맺은 관계의 표시가 내 눈앞에서 사라져버리고 나중에는 아무것도 남지 않았다는 증거일 뿐이다.

만일 아직 나방이 되지 못하고 고치 속에 있는 번데기가 말이나 생각을 한다면, 자기 옆에 텅 빈 고치가 뒹구는 것을 보고 "아무것도 남지 않았다"라고 말할 것이다. 가까운 이웃을 잃으면 다시는 그 이웃과 친밀하게 지낼 수 없으므로 번데기가 이렇게 말하는 것은 당연하다. 그러나 인간은 이와 다르다. 내 형제가 죽었다. 형제의 누에고치는 정말 껍데기만 남았다. 이제는 지금까지 보아오던 낯익은 모습을 볼 수 없다. 그러나 그가 내 눈앞에서 사라졌다고 해서 그와 내가 맺었던 관계마저 없어진 것은 아니다. 진부한 표현이지만 나에게는 그와 같이한 여러 추억이 있다. 그의 얼굴, 손, 눈에 대한 추억이 아니라 정신적 영상의 추억 말이다.

죽은 사람과의 추억은 살아 있을 때보다 더 강한 구속력이 있다

추억이란 무엇인가? 지극히 단순하고 이해하기 쉽게 느껴지는 이 말은 대체 무엇을 의미하는 것인가? 결정체나 동물은 형태가 사라져버리면 그것들을 추억할 것이 아무것도 남지 않는다. 그러나 나는 그리운 형제를 추억할 수 있다. 그리고 이 추억은 형제의 생활이 이성의 법칙과 일치하면 할수록, 그의 생활에 사랑으로 충만한 일이 많으면 많을수록 더욱 생생하게 떠오른다.

추억은 결코 단순한 관념에 불과한 것이 아니라 나의 형제가 이 세상에 살아 있을 때와 마찬가지로 영향을 주는 그 무엇이다. 이 추억은 그의 생활을 에워싸고 그가 살아생전 나와 다른 사람들에게 그랬던 것처럼 죽은 후에도 여전히 나에게 영향을 끼치는, 눈에 보이지 않는 비물질적인 분위기다. 이 추억은 그가 죽은 지금도 역시 살아 있을 때 나에게 요구했던 것과 같은 것을 요구한다. 그뿐만 아니라 이 추억은 그가 죽은 후에는 그가 살았을 때보다도 더 강한 구속력을 행사한다. 나의 형제에게 깃들어 있던 생명력은 사라지지도 않고 줄어들지도 않았을뿐더러 더욱이 본래대로 있지 않고, 오히려 전보다 더 강하게 내게 작용하는 것이다.

생명의 실재성

죽은 후에도 그의 생명력은 살아 있을 때와 마찬가지로 혹은 그 이상으로, 마치 지금도 생명력을 가진 것처럼 나에게 강하게 작용한다. 나는 형제의 생명력을 그가 살아 있을 때처럼 온몸으로 느낀다. 즉, 내가 세계와 어떤 특수한 관계를 맺고 있는지를 나에게 알려준,

세계와 관계를 맺었던 그의 생명력을 지금도 느끼는 것이다. 이러할진대 어찌 죽은 형제는 이미 생명을 잃었다고 단언할 수 있단 말인가? 감히 말하건대, 그는 일찍이 세계에 대해 동물로서 맺고 있던 비참한 관계에서 벗어난 것이다. 그것뿐이다.

나는 또 말할 수 있다. 지금 그가 맺고 있는 새로운 관계의 중심을 내 눈으로 볼 수 없지만 그의 생명력을 부정할 수는 없다고. 왜냐하면 그의 생명력을 내가 몸으로 느끼기 때문이다. 예를 들어, 내 모습을 거울에 비춰볼 때 갑자기 거울이 흐려지면 나는 내 모습을 볼 수 없다. 그러나 거울 속에 내가 있다는 것, 따라서 내가 살아 있음을 안다.

그것뿐이 아니다. 죽은 형제는 내게 보이지 않지만 그 생명은 나에게 작용할 뿐만 아니라 내 속으로까지 들어와 있다. 생명을 지닌 그의 자아, 즉 그가 세계와 맺은 관계는 내가 세계와 맺은 관계가 된다. 마치 그는 세계와 새로운 관계를 확립함으로써 그가 오른 단계까지 나를 끌어 올리려는 듯하다. 나, 즉 살아 있는 자아에게는 그가 이미 발을 들여놓은 저 단계가 더욱 분명히 보인다. 그는 내 눈앞에서 사라졌지만 아직도 나를 자기 쪽으로 끌어당기고 있다. 이리하여 나는 내 안에서 육체적으로 이미 죽은 형제의 생명을 의식한다. 따라서 그가 존재하는 것을 의심할 수 없다. 내 눈에서 사라진 이 생명의 세계에 대한 작용을 관찰할 때 나는 더욱 확실히 생명의 실재성을 확인하게 된다.

생명 자체가 아니라 생명의 결과인 어떤 삶

한 사람이 죽었다. 그러나 그가 세계와 맺은 관계는 그의 생전보다도 더 강하게 사람들에게 작용한다. 그리고 이 작용은 그의 이성과 사랑의 크기에 비례해 증대한다. 살아 있는 모든 것처럼 성장하고 증대해서 결코 정지하거나 중단될 줄 모른다.

예수는 아득한 옛날에 죽었다. 그가 육체를 지니고 산 시간은 짧았다. 우리는 육신의 존재로서 예수에 대해 아무런 지식도 가지고 있지 않다. 그러나 이성과 사랑에 충만한 생명의 힘, 세계와 그가 맺었던 관계는 오늘날에 이르기까지 영향을 미치고 있다. 예수를 자기 안에 받아들이고 그의 삶을 따르는 수많은 사람이 있기 때문이다.

그렇다면 이러한 작용은 과연 무엇인가? 일찍이 예수의 육체적 생존과 결부되어 지금도 여전히 예수의 생명을 존속시키고 확대하고 있는 것은 무엇인가? 그것은 예수의 생명 자체가 아니라 생명의 결과라고 사람들은 말한다. 이처럼 무의미한 말을 입에 올리면서도 사람들은 이 힘을 살아 있는 예수 자체라고 말하는 것보다 더 명확하고 적절한 말을 한 것같이 여긴다. 이런 말은 떡갈나무 곁에 굴을 파는 개미들이나 할 법한 말이다. 도토리는 자라서 떡갈나무가 되고, 그 뿌리를 땅속에 깊이 뻗고, 가지를 키울 잎이나 새로운 도토리를 땅에 떨어뜨리고, 햇빛이나 비를 막아서 그 주위에 살고 있는 모든 것을 변화시킨다. 이때 개미들은 말할 것이다.

"이것은 도토리의 생명이 아니라 그 생명의 결과다. 도토리의 생명은 우리가 이 도토리를 끌고 굴속으로 들어갔을 때 이미 끝나버린 것이다"라고.

생명의 중심으로부터 오는 빛

내 형제가 어제 죽었거나 혹은 천 년 전에 죽었다 하더라도 육체적 생존 중에 그가 지니고 있던 생명력은 나와 수백, 수천, 수백만의 사람들 속에서 더욱 강하게 작용한다. 즉, 내 눈에 보이던 육체적 존재의 근원은 눈앞에서 완전히 사라졌지만, 지금 더욱 강하게 움직이고 있는 것이다. 그렇다면 이것은 도대체 무엇을 뜻하는가? 나는 내 앞에서 불타고 있는 풀을 본다. 풀은 타버렸으나 불은 더욱 강하게 타오른다. 나는 불의 원인인 풀을 지금 볼 수 없다. 무엇이 타고 있는지도 알 수 없다. 그러나 풀을 태워버린 불이 먼 숲이나 어딘가에서 내게는 보이지도 않는 그 무엇을 태우고 있으리라는 것을 추측할 수는 있다. 게다가 내가 지금 눈으로 보고 있는 이 빛이야말로 나를 인도하여 나에게 생명을 주는 유일한 것이다. 나는 이 빛으로 살고 있다. 그러니 어찌 내가 이 빛의 존재를 부정할 수 있겠는가! 나는 이 생명의 힘이 지금은 내게 보이지 않는 다른 근원을 가지고 있다고 생각한다. 그러므로 나는 그 존재를 부정할 수 없다. 왜냐하면 나는 그 힘을 느끼고 그것에 의해 움직이고 살아가기 때문이다. 이것의 근원은 무엇이며 이 생명 자체는 어떠한 것인지 나는 알 수 없지만 추측할 수는 있다. 물론 내가 추측하기를 즐기고 문제 확대를 두려워하지 않는다면 말이다.

그러나 나는 생명에 대해 합리적인 해석을 내리려고 하므로 명확한 것만을 언급하는 것으로 만족한다. 명확한 것에 애매한 추측을 곁들여 일부러 명확성을 해치고 싶지는 않다. 내가 살면서 의지하는 모든 것은 나보다 먼저 살았던 사람들의 생명으로 이루어져 있다는 것, 따라서 생명의 법칙에 따라 동물적 자아를 이성에 복종시켜 사랑의 힘을 보여준 모든 사람이 육체적 생존이 끝난 뒤에도 다른 사람들 속에 살아 있음을 안다면 그것으로 충분하다. 그렇게 하면 죽음에 대한 어리석기 짝이 없는 무서운 미신이 더 이상 나를 괴롭히지 않을 것이라는 사실은 아주 명백하다.

우리는 죽은 후에도 계속해서 힘을 발휘하는 사람들에게서 왜 그들이 자아를 이성에 복종시키고, 사랑을 위해 생명을 바치고, 생명의 소멸이 불가능하다는 것을 의심하지 않았는가 하는 이유를 알 수 있다.

이러한 사람들의 삶에서 생명의 영원성과 신념의 근본을 발견할 수 있다. 그에 따라서 우리 자신의 삶에 대해 깊이 생각할 수 있다. 예수는 자기는 생명이라는 환상이 소멸된 뒤에 살 것이라고 말했다. 그가 이렇게 말한 것은 그때 이미 육체적 생존이 결코 멈추지 않을 참된 생활로 한 걸음 들어갔기 때문이다. 그는 육체적 생존 기간에 일찍이 그가 접근했던 생명의 중심으로부터 오는 빛 속에서 살았고 이 빛이 그의 주위 사람들을 비추고 있음을 보았다. 동물적 자아의 행복을 부정하고 이성과 사랑에 충만한 생활을 하는 사람은 누구든지 이와 같은 것을 볼 수 있다.

불사不死에 대한 신념과 미래의 삶을 믿는 사람

인간의 활동 범위가 아무리 좁다 하더라도 다른 사람의 행복을 위해 자아를 포기하고 산다면 그는 이미 현재의 삶에서 외부 세계에 대한 새로운 관계로 들어가 있는 것이다. 그 사람이 예수이든, 소크라테스이든, 이름 없이 자기를 희생한 노인이나 청년 혹은 부인이든 이미 그 생애에 있어서 죽음은 존재하지 않고 모든 사람에게 인생의 유일하고 중요한 일인 새로운 관계를 확립한 것이다.

인생의 의미를 이성의 법칙에 따른 사랑의 발현에 두는 사람은 현재 자신이 목표로 하는 영원한 삶의 새로운 중심에서 이미 비쳐오고 있는 빛을 볼 것이다. 이 빛이 그를 통해 주위 사람들에게 일으키는 작용을 보게 될 것이다. 그리고 이 한 가지 일은 그에게 생명의 감소나 멸망이 아닌 영원한 증대라는 명확한 신념을 갖게 할 것이다.

죽지 않는다는 신념은 누구에게서도 받을 수 없으며, 또 자신의 마음에 심어줄 수도 없다. 불사불멸에 대한 신념이 존재하기 위해서는 우선 불사불멸이 존재해야 한다. 불사불멸이 존재하려면 자기 삶을 불사불멸이라는 관점에서 이해해야 한다. 미래의 삶을 믿는 사람은 자기 인생의 과업을 이루고, 이미 이 세상에는 있을 수 없는 저 세계와 새로운 관계를 확립할 수 있다.

#33

죽음에 관한 미신

공포와 혼동

죽음의 공포는 인간이 세계와 맺고 있는 여러 관계를 혼동하는 데서 생긴다.

불안은 죽음의 공포를 왜곡한다

우리가 삶을 제대로 이해하고 그 참된 의의를 살펴보면, 죽음이라는 기이한 공포가 무엇 때문에 유지되는지를 이해하기 어려울 것이다. 이는 마치 어둠 속에서 유령 때문에 두려움을 느꼈을 때, 주변을 관찰한 뒤 그것이 헛것임을 알고는 두 번 다시 유령 따위에 두려움을 느끼지 않는 것과 같은 이치다.

하나밖에 없는 것을 잃어버리지는 않을까 하는 불안은, 단지 세계와 인간의 합리적 의식의 특별한 관계, 즉 눈에 보이지 않는 하나의 관계뿐 아니라 알려지지 않았지만 눈에 보이는 세계에 대한 그의 동물적 의식과 육체의 관계에서도 생명의 기초를 인정하는 데서 비롯된다.

세계와 인간의 세 가지 관계

인간은 모든 것을 세 가지 차원의 관계로 생각한다. 즉, 세계와 합리적 의식으로 맺은 관계, 세계와 동물적 의식으로 맺은 관계, 세계와 자신의 육체가 맺은 관계다. 그리고 인간은 세계와 자신의 합리적 의식이 맺은 관계야말로 생명의 유일한 바탕임을 이해하지 못하고, 자신의 삶이 아직도 눈에 보이는 동물적 의식과 육체를 구성하는 물질적 관계 속에 있다고 생각한다. 그리고 자신의 자아와 자아를 구성하는 물질적 관계가 깨짐과 동시에 세계와 자신의 합리적 의식이 맺은 관계를 잃을까 두려워한다.

이러한 사람은 자신이라는 존재가 물질 운동으로 생겼다고 생각한다. 즉, 물질 운동이 개인의 동물적 의식 단계로 옮겨 가고, 이 동물적 의식이 합리적 의식으로 바뀌고, 곧 합리적 의식이 쇠퇴하여 다시 이전의 동물적 의식으로 되돌아가고, 마침내는 동물적 의식도 쇠퇴하여 생명이 없는 물질로 바뀐다고 생각한다. 이러한 생각으로 사물을 보기 때문에 그는 세계와 합리적 의식의 관계는 우연적이고 불필요하며, 따라서 멸망할 것으로 생각한다.

이 견해에 따르면 세계와 동물적 의식이 갖는 관계는 소멸되는 일이 없다. 왜냐하면 동물은 종족 속에서 계속 이어지기 때문이다. 세계와 물질의 관계는 절대로 멸망하지 않는 영원한 것이다. 따라서 이러한 관점에서는 가장 귀중한 합리적 의식은 영원히 존속되지 않을뿐더러 불필요한 어떤 것의 아주 작은 부분에 지나지 않는다.

그런데 사람은 이것이 진리가 될 수 없음을 감지한다. 여기에 죽음의 공포가 있다. 이 공포에서 벗어나려고 어떤 사람들은 동물적 의식이 곧 합리적 의식이라고 자신을 이해시키려 한다. 그리하여 동물적 의식이 종족이나 자손의 형태로 존속되면서 자기 안에 있는 합리적 의식의 불멸성 요구를 충족한다고 본다.

생명이라는 말 속에는 죽음이라는 의미가 들어 있다

또 다른 사람들은 생명에 대해 이렇게 받아들이기도 한다. 이전에는 전혀 존재하지 않았던 생명이 육체적 형태 속에 갑자기 나타난 것이므로 소멸하면 육체에 부활하여 다시 살아날 것이라고 믿는 것이다. 그러나 세계와 합리적 의식의 관계를 인정하지 않는 사람들은 그 어느 것도 믿지 않는다. 그들은 인류의 존속이 자아를 영구히 이어가려는 욕구를 충족하지 못한다는 사실을 잘 알고 있다.

생명 소생이라는 관념 속에는 생명 중단이라는 의미가 내포되어 있다. 만약 생명이 이전에도 존재하지 않았고 언제나 존재하지 않는다면 앞으로도 존속되지 않을 것이다. 이들에게 인생은 하나의 파도다. 죽은 물질에서 생명이 생기고 생명에서 파도의 정점인 합리적 의식이 생긴다. 이 정점에 도달하면 파도, 즉 합리적 의식과 자아는 처음 나왔던 곳으로 내려가 거기서 사라져버린다. 이들도 인간의 생명을 눈에 보이는 생활로 간주한다. 사람은 태어나 성장하고 죽는다. 죽으면 아무것도 존재할 수 없다. 죽은 후에 남을 자손이나 사업도 그를 만족시킬 수 없다. 사람은 자신을 가엾게 여기기에 생명이 끝나는 것을 두려워한다.

생명은 영원한 운동이다

사람은 이 세상에서 육체로 시작하여 육체로 끝나는 자신의 생명이 부활할 것을 믿지 않는다. 만일 이전에는 존재하지 않았고 갑자기 무無에서 태어나 무로 돌아간다면 자신의 자아는 다시는 존재하지 않을 것이며 또 존재할 수 없음을 알기 때문이다. 인간은 자기가 태어난 것이 아니라 항상 존재해왔고, 지금도 존재하고, 미래에도 존재하리라는 것을 인식할 때 비로소 자신이 영원불멸의 존재임을 인정하게 된다. 자기의 생명이 물결이 아니라 영원한 운동이며 현재의 삶에서 하나의 물결로 나타났을 뿐이라고 인식할 때에만 자신이 불멸의 존재임을 믿을 수 있는 것이다.

'나는 죽을 것이다. 그러면 인생도 끝날 것이다.'

이런 생각을 하면 비참해서 견딜 수가 없다. 내가 없어지는 것이 안타깝기 때문이다. 그러나 무엇이 죽는단 말인가? 대체 무엇이 아깝다는 것인가? 가장 일반적인 관점에서 나란 존재가 무엇인지 생각해보자. 무엇보다 나는 육체다. 그래서 어떻다는 것인가? 육체가 없어지는 것을 두려워하는가? 그것이 안타까운가? 그렇지는 않다. 육체라는 물질은 절대로 소멸되지 않는다. 이러한 점에서 나는 안전하다. 여기에 아무것도 두려워할 것이 없다. 그야말로 안전하게 모든 것이 유지될 것이다.

사람들은 육체가 없어지는 것을 안타까워하기보다는 자기 자신이 없어지는 것을 안타까워한다. 그러나 보라. 사람은 누구 할 것 없이 20년 전과는 전혀 다른 사람이다. 사람은 날마다 달라진다. 그런데 대체 무엇이 안타깝다는 것인가?

"내가 없어지는 것이 안타까운 것이 아니다. 나는 내 자아가 없어지는 것이 안타까울 뿐이다."

사람들은 이렇게 말한다.

그러나 당신의 자아는 언제나 같은 것이 아니었다. 당신 안에는 자아가 여러 형태로 변해왔지 않은가. 1년 전의 자아와 지금의 자아는 분명히 다르며, 10년 전의 자아는 더더욱 다를 것이다. 기억해보면 당신은 내내 변화를 계속해왔다. 그런데 현재의 자아에만 그토록 집착하는 이유는 무엇인가? 자아를 잃는 것이 그다지도 안타까운가? 만약 자아가 언제나 같았다면 문제가 되겠지만 사실 끊임없이 변하지 않았던가. 당신은 자아가 생기는 것을 눈으로 본 것도 아니고 발견할 수도 없었다. 그런데 갑자기 당신은 이 자아가 소멸되는 것을 원하지 않고, 현재 당신 안에 있는 자아가 영원히 존재하기를 바란다.

왜 변화를 두려워하는가?

지금까지 살면서 당신은 정신적으로나 육체적으로 줄곧 성장했다. 당신은 이유도 모른 채 이 세상에 태어났다. 단지 현재는 당신 자신만의 자아를 가지고 온 것을 알 뿐이다. 당신은 줄곧 살아오다가 인생의 절반쯤 왔을 때 한편으로는 가슴 뿌듯하면서 한편으로는 두려운 마음이 생겼다. 그러자 가던 걸음을 멈추고 저 앞에 무엇이 있는지 보이지 않는다고 더 앞으로 나가려고 하지 않는다. 당신은 자신이 어디서 왔는지도 모른다. 그러면서도 현재 이곳에 있다. 당신은 입구로 들어왔으면서도 출구로 나가기를 원하지 않는다.

당신이 지금까지 살아온 삶은 육체적 생존을 이어온 것이었다. 당신은 전진하듯 인생을 살아왔다. 그런데 이제까지 끊임없이 해오던 일이 완성을 보려고 하는데 갑자기 당신은 안타까워진다. 육체의 죽음으로 생길 크나큰 변화가 두려운 것이다. 그러나 그러한 변화는 당신이 태어날 때에도 이미 있었다. 그때 당신에게는 아무런 나쁜 일이 생기지 않았을뿐더러 오히려 그 결과는 매우 좋았다. 지금 당신이 삶을 멈추고 싶어 하지 않을 정도로.

대체 당신은 무엇이 두려운가? 당신은 현재의 감정과 사상과 세계관을 가진 '자아'와 세계와 맺고 있는 관계, 이 두 가지를 잃을까 두려워한다. 그렇다면 관계란 무엇인가? 그것은 어떻게 성립되었는가?

만일 관계가 먹고, 마시고, 자녀를 낳고, 집을 짓고, 옷을 입고, 다른 사람이나 동물과 교감하는 일이라면, 그것은 생각하는 동물로서 모든 인간이 맺는 관계다. 따라서 이 관계는 결코 소멸될 리 없다. 이러한 관계를 맺고 살아가는 사람들은 지금까지 무수히 존재해왔고, 앞으로도 무수히 존재할 것이다. 그리고 인간이라는 종족은 물질의 각 입자와 마찬가지로 확실히 존속될 것이다. 종족 보존의 본능은 모든 동물 안에 내재된 것으로 그에 대해서는 걱정할 필요가 없을 정도로 견고하다. 만일 당신이 동물이라면 두려움이 없을 것이고, 물질이라면 당신은 더욱더 영원성을 보장받을 것이다.

만일 당신이 동물적인 것이 아닌 다른 무엇을 잃을까 두려워한다면 그것은 세계와 자신이 맺은 특수한 합리적 관계, 즉 당신이 태어날 때 지니고 있던 것을 잃을까 봐 두려워하는 것이다. 그러나 당신은 그 관계가 당신의 출생과 더불어 시작된 것이 아님을 알고 있지 않은가? 당신의 자아는 동물적 출생과 관계없이 존재하는 것이며 따라서 당신이 죽더라도 관계가 변화되는 일은 없다.

34

영원한 생명의 움직임

지금 이 순간이 모여 내 인생을 이룬다

눈에 보이는 생명은 무한한 생명 운동의 일부분이다.

나는 이 세상에서 나의 삶과 다른 사람들의 삶을 이렇게 생각한다. 즉, 나를 포함한 모든 사람은 세계와 어떤 일정한 관계 속에 있으며 누군가와 사랑을 나누며 살아간다. 처음에 우리는 삶이 세계와 맺은 관계와 더불어 시작된 것으로 생각한다. 하지만 차츰 자기와 다른 사람을 관찰하면서 세계와의 관계, 각자의 사랑은 우리의 출생과 함께 눈에 보이지 않는 과거에서 이 삶 속으로 옮겨 온 것임을 알게 된다. 그뿐만 아니라 우리는 이 세상에서 인생의 항로는 끊임없는 사랑의 확대와 증강이며, 이는 육체의 죽음으로도 중단되지 않고 단지 우리 눈에 보이지 않을 뿐이라는 것을 알게 된다.

눈에 보이는 삶은, 그 꼭짓점과 밑면을 우리 마음의 눈으로 볼 수 없는 원뿔의 단면과도 같다. 원뿔의 가장 좁은 부분이 내가 최초로 나 자신을 의식했을 때 나와 세계가 맺은 관계이고, 가장 넓은 부분은 내가 현재 도달해 있는 삶에 대한 최고의 관계다.

이 원뿔의 꼭짓점은 내가 이 세상에 태어났을 때 이미 내 눈에 보이지 않게 되어 있었다. 원뿔의 밑면 역시 내 눈에 보이지 않는다. 이는 마치 내 육체가 살아 있는 동안이나 죽은 후에도 여전히 내 눈에 보이지 않는 미래의 삶과 같다. 나는 이 원뿔의 꼭짓점과 밑면을 볼 수 없지만 내 눈에 보이는 부분으로, 말하자면 내가 기억하는 부분에 의지해 내 삶을 이어나감으로써 원뿔의 특징을 확실히 인식할 수 있었다.

처음에 나는 원뿔의 단면이 인생의 전부라고 생각했다. 하지만 내가 참된 생활의 의미를 깨닫게 됨에 따라 내 인생의 바탕을 이루는 것은 현재 생활밖에 없다는 것을 알게 되었다. 그때부터 눈에 보이지 않는 나의 과거와 현재가 연결되어 있음을 한층 더 생생하게 느꼈다.

모든 순간이 지난 뒤에도 계속 이어갈 생명

다른 한편으로는 내 삶의 바탕을 이루는 것이 보이지 않는 미래로 확대되어가고 있음을 한층 더 분명히 실감한다. 그리하여 나는 다음과 같은 결론에 이른다. 내 눈에 보이는 삶, 현재 이 세상에서 나의 생명은 내 생명 전체의 일부분에 지나지 않으며 그 양단, 즉 이 세상에 태어나기 전의 생명과 죽은 후의 생명은 의심할 나위 없이 존재하는 것이지만 단지 내가 현재 눈으로 볼 수 없을 뿐이다. 그러므로 육체의 죽음을 눈으로 보고 생명의 정지를 확인한다고 해서 출생 전과 마찬가지로 사망 후에도 생명이 존재한다는 확신을 나에게서 빼앗지는 못한다.

나는 이 세상에 태어날 때 세계와 나눌 사랑을 품고 있었다. 육체의 삶이 짧든 길든 나로 인해 삶 속으로 오게 된 사랑은 성장을 거친다. 그러므로 나는 내 출생 이전에도 살았으며, 지금 생각하면서 존재하는 이 순간이 지나간 뒤에도, 그리고 나의 육체적 죽음 이전과 이후의 모든 순간이 지난 뒤에도 계속 살아갈 것이 틀림없다고 결론짓는다.

생명에는 똑같은 시작과 끝이 없다

다른 사람들의 육체적 삶을 생각해볼 때, 어떤 삶은 길고 어떤 삶은 짧다. 어떤 사람은 나보다 일찌감치 이 세상에 태어나 아주 오랫동안 사는가 하면, 어떤 사람은 나보다 훨씬 뒤늦게 태어났음에도 먼저 사라지기도 한다. 그러나 어떤 사람의 삶에서도 모든 인간의 참된 생명에 적용되는 유일하고도 동일한 법칙, 즉 생명의 빛이 두루 비치는 것처럼 널리 퍼지는 사랑의 모습을 목격할 수 있다.

머잖아 내 눈에서 인생의 항로를 마칠 장막이 내려진다. 인간의 생명은 누구의 것이든 언제나 동일하고, 모든 생명에는 똑같은 시작과 끝이 없다.

같은 생존 조건에서 인간이 오래 살거나 짧게 살거나 한다는 사실은 참된 삶을 구별하는 데 아무런 단서가 되지 않는다. 내 시야에 한 사람은 천천히 지나가고 또 한 사람은 재빨리 지나갔다고 해서 앞사람이 뒷사람보다 참된 삶을 살았다고 볼 수 없다. 창밖을 내다보면서 지나가는 사람들이 빨리 지나가건 천천히 지나가건, 그 사람들은 내가 보기 이전에도 존재했으며 내 시야에서 사라진 뒤에도 계속 존재하리라는 것을 안다.

그런데 왜 어떤 사람은 빨리 지나가고 어떤 사람은 느리게 지나가는 것인가? 우리가 볼 때 쪼그라들어 힘도 없어 보이는 노인은 살아 있는데 어린아이나 젊은이같이 정신적으로 활기 있는 사람들이 일찍 죽어버리는 이유는 무엇인가? 이제 겨우 자기 내부 세계에 대한 올바른 관계를 확립하기 시작했을 뿐인데 어찌하여 육체적 생존 조건에서 사라져버리는 것인가?

파스칼이나 고골의 죽음이라면 그런대로 이해할 수 있다. 그러나 셰니에나 레르몬토프의 죽음은 어떠한가? 좀 더 오래 살았으면 훌륭한 업적을 남겼을 수천 사람이 내적 활동의 문턱에 막 들어섰을 때 세상을 떠난 것을 어떻게 생각하는가?

그러나 이러한 의문은 단지 우리의 생각일 뿐이다. 다른 사람이 태어날 때부터 가지고 있는 생명의 바탕이나 그 사람 속에서 이루어지는 생명의 활동, 그리고 그 사람의 생명 활동을 방해하는 것, 특히 우리 눈에는 보이지 않는 그 사람의 조건을 그 어느 것도 알지 못한다.

대장장이의 풀무질

우리가 보기에 거의 완성되어 겨우 한두 번 두드리기만 하면 될 성싶은 편자도 대장장이는 충분히 달궈지지 않았다는 이유로 불속에 다시 집어넣는다.

우리는 한 사람의 내부에서 참된 생활의 과업이 완성되었는지의 여부를 알 수 없다. 우리가 알 수 있는 것은 단지 자기 자신뿐이다.

우리는 어떤 사람이 죽을 때가 아닌데 죽었다고 생각하지만 그런 일은 있을 수 없다. 사람이 죽는 이유는 자신의 행복에 필요하기 때문이다. 마치 사람이 자라서 어른이 되는 것이 그의 행복에 필요하기 때문인 것과 같다.

아직 끝나지 않은 삶, 그리고 죽음

사실 인생이라는 말이 유사품이 아닌 참된 인생 자체를 말한다면, 또 참된 인생이 모든 것의 밑바탕을 뜻한다면, 그 바탕은 바탕 자체가 만들어낸 것에 좌우되는 일이 없을 것이다. 원인이 결과에서 만들어질 까닭이 없는 것과 같은 이치다. 즉, 참된 생활의 흐름은 생활 현상의 변화로 손상될 일이 전혀 없다. 이 세상에서 시작되긴 했지만 아직 끝나지 않은 인간 생활은, 어떤 종기가 생겼거나 박테리아가 달라붙었거나 총 한 방을 쏘았다고 해서 중단되는 일은 있을 수 없다.

사람이 죽는 것은 이 세상에서 그가 참된 생활의 행복을 더는 증진할 수 없기 때문이지, 결코 폐가 나쁘거나 암에 걸렸거나 권총에 맞았거나 폭탄 세례를 받았기 때문이 아니다. 우리는 보통 육체의 삶을 사는 것을 자연스럽게 여기고, 불, 물, 추위, 벼락, 질병, 권총, 폭탄 등으로 죽는 것은 부자연스러운 것같이 생각한다.

그러나 인간의 생활을 냉정히 관찰하고 깊이 생각해보면 이와는 정반대임을 알 수 있다. 도처에 우글거리는 매우 해로운 무수한 세균에 둘러싸인 치명적인 조건에서 육체의 삶을 이어나간다는 것이 오히려 부자연스러운 일임을 인정하지 않을 수 없을 것이다. 인간에게는 죽는다는 것이 자연스러운 일이다. 따라서 인간을 파멸에 몰아넣을 악조건 속에서 육체적 삶을 계속하는 것은, 오히려 물질적인 면에서 보자면 매우 부자연스러운 일이다. 만일 우리가 살아 있다고 한다면, 그것은 우리가 자기를 지키고 있기 때문이 아니라 모든 조건을 충족해 참된 삶을 수행하기 때문이다. 다시 말해 우리가 살아 있음은 자신을 소중히 여기기 때문이 아니라 참된 삶을 살기 때문이다.

참된 삶을 살더라도 인간의 육체적 생명이 끊임없이 소멸하는 것은 막을 수 없다. 결국 소멸은 다가오고야 말 것이고 우리는 언제나 인간을 둘러싼 여러 소멸의 원인 가운데 육체의 죽음을 유일한 원인으로 생각한다.

지금 여기에서 우리

우리의 참된 삶은 존재한다. 우리는 참된 삶을 알고 있으며, 참된 삶에서 동물의 삶도 이해할 수 있다. 참된 삶의 유사품이 이미 불변의 법칙을 따른다면, 어찌 그 유사품을 낳는 참된 삶이 같은 법칙을 따르지 않을 수 있겠는가?

인생의 문제에서 우리가 풀 수 없는 것들이 있다. 특히 외적 현상의 원인과 결과를 보듯이 참된 생활의 원인과 결과를 볼 수 없을 때 우리는 괴로워한다. 우리는 자신에게 묻는다.

'왜 사람은 태어날 때부터 이미 독자적인 자아를 가지고 있는 걸까? 어떤 사람은 일찍 삶을 마감하는데 왜 다른 사람은 오래도록 삶을 이어가는 걸까? 내가 지금의 나와 같은 존재로 태어나기까지 이전에 어떤 원인이 있었을까? 또 내가 죽은 후에는 어떤 결과가 나타날까?'

하지만 우리는 이러한 의문에 즉각적인 해답을 얻을 수 없기에 더욱 괴로워한다.

그러나 자기 육체가 이 세상에 태어나기 전에는 어떤 존재였는가, 육체가 소멸하면 어떻게 될 것인가를 지금 알 수 없다고 해서 슬퍼하는 것은 자신의 시야에서 벗어나 있는 것을 볼 수 없다고 해서 슬퍼하는 것과 같다. 만일 우리가 시야 밖의 것을 볼 수 있다면, 우리는 시야 안에 있는 것을 볼 수 없을 것이다. 그런데 우리에게는 동물적 행복을 얻기 위해서 주위에 있는 것을 보는 것이 무엇보다도 필요하다.

사물을 인식하는 수단인 이성도 마찬가지다. 만일 우리가 이성의 한계 밖에 있는 것을 볼 수 있다면, 그 범위 안에 있는 것을 볼 수 없을 것이다. 그러나 참된 인생의 행복을 얻기 위해서는 지금 여기서 우리의 동물적 자아를 무엇에 따르게 할 것인가를 아는 일이 필요하다.

이성은 인간을 인생의 유일한 길로 인도한다

이성은 나에게 깨달음에 이르는 길을 가르쳐준다. 인생에서 유일한 길, 즉 그 길을 따르기만 하면 절대 중단되지 않을 행복의 길을 가르쳐준다.

이성은 현재의 삶이 육체의 출생과 동시에 시작된 것이 아니라 늘 존재하고, 앞으로도 영원히 존재한다는 것을 분명히 제시한다. 인생의 행복은 끊임없이 생성하고 증강하여 더 이상 증강할 수 없을 때 그 증강을 가로막는 모든 조건을 뛰어넘어 다른 존재로 이동함을 보여준다.

그때 이성은 인간을 삶의 유일한 길로 인도한다. 이 길은 사방을 에워싼 벽 사이에서 점점 넓어지는 원추형의 터널처럼 우리의 앞 저 멀리, 영원한 생명과 영원한 행복의 계시를 펼쳐 보여준다.

#35

생활의 고통

인생은 그저 살고 죽는 것이 아니기에

살면서 우리가 겪는 여러 고통을 설명하기 어려운 것은, 인생이 태어나서 살다가 죽음으로 끝나는 개인의 삶에 국한된 것이 아니라는 것을 확실히 보여주기 때문이다.

결코 피해 갈 수 없는 고통

만일 죽음을 두려워하지 않거나 죽음에 대해 생각하지 않을 수 있다 하더라도, 우리가 결코 피해 갈 수 없는 고통이 있다. 그 고통이 두려운 까닭은 이해할 만한 근거도, 목적도 없기 때문이다. 그 한 가지만으로도 인생의 모든 합리적 의미를 파괴해버리기에 충분하다.

살면서 우리는 이해할 수 없는 일들을 보기도 한다. 예를 들어, 다른 사람을 위해 유익하고 훌륭한 일을 해오던 사람에게 어느 날 갑자기 병마가 덮쳐서 그가 더 이상 일을 할 수 없게 된 경우가 그것이다. 또 기차선로의 나사못이 녹슬어 빠져나간 바로 그날, 그곳을 지나는 열차에 한 선량한 부인이 타고 있었는데 공교롭게도 부인의 아이가 그 기차에 깔려 죽었다. 리스본이나 베르누이 같은 지역이 지진으로 붕괴되어 죄 없는 수천 명의 목숨이 생매장당하거나 끔찍한 고통 속에 죽어간다. 도대체 이러한 일에 어떤 뜻이 있는 것인가? 무엇 때문에 그처럼 무서운 고통이 끊임없이 인간에게 닥쳐오는 것인가?

이런 사실을 말로는 설명할 수 없다. 설령 설명한다고 해도 문제의 핵심에서 벗어나 설명할 수 없음을 더욱 부각할 뿐이다. 사람이 병에 걸리는 것은 어떤 병원균이 몸속으로 침투했기 때문이다. 어린 아이가 어머니의 눈앞에서 기차에 깔려 죽은 것은 선로의 쇠붙이에 습기가 작용했기 때문이다. 베르누이가 파괴된 것은 지질학상의 법칙 때문이다. 문제는 왜 그 사람들이 그 같은 끔찍한 고통을 당해야 하는가와 그런 참변에서 벗어나기 위해 어떻게 하면 좋은가 하는 점이다.

이 질문에 대한 해답은 이론으로는 찾을 수 없다. 오히려 이론을 전개해나가면 다음과 같은 결론이 나온다. 재난을 당하는 사람과 당하지 않는 사람이 있다는 것은 어떤 법칙에 따른 것이 아니다. 아니, 그렇게 될 수도 없다. 재난은 언제든 수없이 일어날 것이고, 따라서 내가 어떠한 방법을 강구해도 인생은 고통으로 가득한 무서운 재난의 위협에서 벗어날 수 없음을 보여줄 뿐이다.

인생과 세계관의 충돌

만일 사람들이 자신의 세계관에서 필연적으로 도출해내는 결론만을 밀고 나간다면, 자신의 삶을 개인의 생존으로만 여기는 사람들은 한시도 편안히 살아가지 못할 것이다. 비유를 들어 설명하자면, 일꾼을 고용한 고용주가 아무런 이유나 설명 없이 여러 사람 앞에서 일꾼을 불로 지지거나 채찍을 휘두르거나 다리를 부러뜨리는 악행을 일삼고, 그 밖에 여러 가지 몸서리쳐질 정도로 무서운 일을 내키는 대로 저지른다면 어떤 일꾼도 그 고용주 밑에서 일하려고 하지 않을 것이다.

사람들이 자신이 생각하는 것처럼 인생을 해석한다면 언제 닥칠지 모르는 참혹한 고통의 두려움 때문에라도 그 누구도 이 세상을 마음 편히 살아갈 수 없을 것이다.

고통과 쾌락은 떼려야 뗄 수 없는 동전의 양면

사람들은 가혹하고 무의미하고 고통으로 가득 찬 현재의 생활에서 벗어나는 여러 가지 손쉬운 자살 방법을 알고 있다. 하지만 사람들은 자살을 택하기보다는 불평불만을 토로하면서도 여전히 삶을 이어간다. 사람들이 힘들어 하면서도 여전히 살아간다고 해서 삶 속에 괴로움보다 쾌락이 많기 때문이라고 단언할 수는 없다.

실제로 단순한 추론이나 철학적 연구만으로도 이 세상에서 살아간다는 것은 쾌락으로는 도저히 보상받을 수 없는 고통의 연속에 불과하다는 것을 분명히 알고 있기 때문이다. 또한 사람들은 죽을 때까지 줄어들기는커녕 쉴 새 없이 가중되는 고통 속에서도 자살하지 않고 삶에 매달려 살아가는데, 이러한 사실을 우리는 자신이나 다른 사람을 통해 확인할 수 있다.

사람들이 고난을 당하면서도 살아가는 기괴한 모순을 설명할 수 있는 것은 오직 한 가지다. 모든 사람은 행복 속에 고통이 필연적으로 존재한다는 것을 알고 있다. 그리고 누구나 고통당한다는 것을 이미 알고 있으며 실제로 고통을 당하면서도 계속 살아간다. 사람들이 묵묵히 고통을 받아들이지 않는 것은 개인적인 행복을 추구하려는 그릇된 인생관을 가지고 있기 때문이다. 그런 이유로 절대로 행복을 포기할 수 없다고 생각한다.

사람들은 불행이 닥치면 전혀 생각하지도 않은 것에 부딪힌 것처럼 깜짝 놀라고 두려워한다. 그러나 사람들은 누구나 고통 속에서 성장한다. 인간의 삶은 고난의 연속이다. 사람은 고통을 당하기도 하지만 타인에게 고통을 주기도 한다. 그러므로 살면서 어느 정도 고통에 익숙해지면 고통을 두려워하거나 무엇 때문에 이런 시련을 겪어야 하는가 한탄하지 않는 것이 좋다.

모든 사람은 자신의 쾌락이 다른 사람의 고통으로 얻을 수 있다는 것, 자기 고통은 자기 쾌락을 위해서 필요하다는 것, 고통 없이는 쾌락도 없다는 것, 고통과 쾌락은 서로 떼려야 뗄 수 없는 동전의 양면 같다는 것을 알 것이다.

고통에서 벗어나려면 당연히 해야 할 일

이성을 지닌 사람들은 자신에게 이렇게 묻는다.

"고통은 왜 있는가?"

사람들이 이런 질문을 하는 의미는 무엇인가? 고통은 쾌락과 결부되어 있음을 아는 사람들이 어찌하여 고통의 이유를 물으면서 쾌락은 무엇 때문에 있느냐고 물어보지 않는가?

동물과 동물로서의 인간의 생활은 끊임없는 고통의 연속이다. 동물이나 동물로서의 인간의 활동은 모두 고통에서 일어난다. 고통은 괴로움을 제거하고 쾌락의 상태에 이르게도 하는, 일종의 병적 감각이다. 인간의 삶은 고통으로 손상되기도 하지만 고통을 통해서만 완성되기도 한다. 다시 말해 고통은 생활의 움직이는 본체이며 따라서 절대로 없어서는 안 되는 것이다.

어떤 사람은 무엇 때문에 고통이 있느냐고 묻는다. 대체 그 사람은 무엇을 묻고 싶은 것인가? 동물들은 그런 질문을 하지 않는다.

굶주리면 농어는 잉어를 괴롭히고, 거미는 파리를 괴롭히고, 늑대는 양을 괴롭힌다. 이 동물들은 그렇게밖에 살 수 없다. 이와 반대로 농어나 거미나 늑대가 자기들보다 강한 존재에 똑같은 고통을 당하게 될 때에는 그들 역시 도망치거나 몸부림치지만 끝내 어쩔 수 없이 먹히고 만다. 이처럼 동물은 자기에게 닥친 일을 당연하게 받아들이며 조금도 의심하지 않는다. 그러나 사람들은 그렇지 않다.

다른 사람의 다리를 잘라버린 전투에서 자기 다리가 잘려 나가자 그 다리의 치료에 정신이 없는 사람, 직접적이든 간접적이든 예전에 누군가를 독방에 감금해놓고는 정작 자신이 독방에 갇혔을 때에는 될 수 있는 한 쾌적한 상태에서 시간을 잘 보내려고 애쓰는 사람, 자기는 이미 수천 마리의 동물을 잡아먹었으면서도 자기를 물어뜯으려는 늑대를 물리치거나 피하려는 사람……. 이들은 그런 일들이 당연히 있을 법하며, 또 자기가 그러한 고통에 빠진 것은 마땅히 해야 할 일을 하지 않았기 때문이라는 것을 인정하지 않는다.

그러나 늑대에게 잡아먹힐 위험에 있는 사람이라면 늑대에게서 도망쳐 자기 몸을 보호해야 한다. 그것 외에 달리 할 일이 없지 않은가? 이성적 존재로서 당연히 해야 할 일이다. 즉, 그 고통을 초래한 자기 죄를 시인하고, 뉘우치고, 진리를 인정해야 한다.

두려움은 현재의 고통을 과거와 미래로까지 확대한다

동물은 단지 현재에만 괴로워한다. 고통 때문에 일어나는 동물의 행동은 현재 자신에게만 향한 것이므로 그로써 충분하다. 그러나 인간은 고통에 빠지면 현재에만 괴로워하지 않고 과거와 미래에 걸쳐서도 괴로워한다. 때문에 인간은 고통으로 생긴 일이 현재에만 향해 있는 것에 만족하지 않는다. 고통의 원인이나 결과에도 향하고 미래에도 향해진 행동만이 괴로워하는 인간을 만족시킨다.

동물은 우리에 갇히면 도망치려고 애쓴다. 다리를 다치면 아픈 데를 핥는다. 또 다른 짐승에게 잡아먹힐 것 같으면 날뛰고 도망친다. 즉, 동물들은 생존 법칙이 외부 요인에 의해 침해되면 이를 회복하는 데 자기의 활동을 집중하여 마땅히 해야 할 일을 한다. 이 예를 사람에게 적용해보자. 자신이나 가까운 사람 중 한 사람이 감옥에 갇히거나, 전쟁터에서 다리를 잃거나, 늑대에게 잡아먹히게 되었다고 하자. 이 경우 사람들은 감옥에서 탈출하거나, 다리를 치료하거나, 늑대에게서 도망치는 데에 집중하는 것으로는 만족하지 않는다. 왜냐하면 투옥이나 다리 부상, 늑대의 습격 등은 그저 자신의 고통 중 극히 작은 부분에 지나지 않기 때문이다.

사람은 고통의 원인을 과거나 자신의 잘못 혹은 다른 사람의 잘못 속에서 찾는다. 만일 자신의 행동이 고통의 원인인 잘못을 향하지 않는다면, 즉 자신의 잘못에 주의를 기울이지 않는다면 그 사람은 마땅히 해야 할 일을 하지 않는 것이다. 이런 사람은 자신에게 고통 같은 것은 있을 수 없다고 생각한다. 이러한 두려움은 곧 현실뿐만 아니라 상상 속에서도 확대되어 삶을 버텨나갈 힘을 빼앗아 버린다.

죄의식, 이성의 법칙에 따르지 않을 때 나타난다

동물의 고통은 동물의 생존 법칙이 침범되는 데에서 일어난다. 이

침범은 고통의 의식이라는 형태로 나타나고, 이에 따른 활동은 고통을 제거하려는 데 집중된다.

합리적 존재로서 인간이 느끼는 고통의 원인은 합리적 의식에 눈뜬 삶의 법칙에 따르지 않는 데 있다. 인간이 이성의 법칙을 따르지 않은 과오는 죄의식으로 나타난다. 이 죄의식은 과오를 제거하는 데 집중한다. 다시 말해 동물이 고통을 줄이는 활동에 집중하고 결국 고통을 제거하듯이, 합리적 존재인 인간도 고통이 죄 때문인 것을 기억하고 고통을 없애는 노력으로 고통을 제거한다.

고통을 당하거나 고통을 상상할 때 마음속에서 '왜, 무엇 때문에'라는 의문이 생긴다면 그 사람은 고통으로 자기 안에서 당연히 일어날 법한 활동, 즉 고통을 제거하려는 활동을 아직 인식하지 못했기 때문이다. 실제로 동물적 생존을 자기 인생으로 간주하는 사람들에게는 고통에서 자신을 구해내는 이 같은 활동이 일어날 수 없다. 그 사람이 자기의 삶을 이해하는 폭이 좁으면 좁을수록 그 활동은 더욱더 일어나지 않을 것이다.

인생을 개인의 삶으로만 생각하는 사람의 딜레마

자기의 삶을 개인적 생존으로 생각하는 사람은 자신이 당하는 고통의 원인을 자기 잘못에서 찾는다. 예를 들어 자기가 병에 걸린 이유는 음식을 잘못 먹었기 때문이고, 자기가 얻어맞은 것은 싸움을 걸었기 때문이고, 자기에게 먹을 것이 없는 것은 일하지 않았기 때문이라고 생각한다. 이 사람은 자신이 해서는 안 되는 일을 했기 때문에 고통을 당한다고 이해하는 것이다. 그래서 그는 앞으로는 고통을 당하지 않기 위해 죄를 뉘우치는 데 자기 행동을 집중한다. 고통을 거역하지 않고 순순히, 때로는 기꺼이 고통을 참아나간다. 그러나 이러한 사람이 까닭 모를 고통에 시달리거나 또는 고통의 결과가 자신이나 주변 사람에게 아무런 도움도 되지 않을 때에는 터무니없는 재앙을 당한 것처럼 생각될 것이다. 더구나 자기 소행과는 전혀 관계도 없는 원인이라면 그로서는 '내가 무엇 때문에 이런 고통을 당하게 되는가?' 하고 자문하게 마련이다. 그는 자신의 활동을 집중할 목표를 발견하지 못했기 때문에 그 고통을 순순히 받아들이지 않는다. 결국 그의 고통은 점점 더 심해질 수밖에 없다.

죄와 고통의 관계를 이해하지 못하는 사람들

인간의 고통은 그 원인이나 결과가, 때로는 양쪽 모두가 공간과 시간에 감춰져 있는 경우가 많다. 예를 들어 유전병, 재해, 흉작, 열차 전복, 화재, 지진 등 수많은 인간을 죽음으로 몰고 가는 것들은 우리가 이해할 수 없는 일이다.

이러한 고난은 후세 사람들에게 교훈을 주기 위해, 즉 자손에게 나쁜 병을 물려주는 정욕에 매여서는 안 된다는 것, 좀 더 견고한 기차를 만들어야 한다는 것, 불조심을 더 각별히 해야 한다는 것 등을 가르치기 위해 필요하다고 설명하는데 나로서는 이해할 수 없는 일이다.

나는 내 삶의 의미가 다른 사람의 과오를 막기 위한 예로써 도움을 주는 데 있다는 것을 인정할 수 없다. 내 인생은 끊임없이 행복해지려는 욕구를 지닌 나 자신의 삶이지, 다른 사람의 인생을 위한 본보기가 될 수는 없다. 그러한 해명은 이야깃거리는 될 수 있겠지만 나를 위협하고 내 생명을 빼앗아 가는 고통의 무의미한 공포를 덜어주지는 못한다.

자신의 잘못이 다른 사람의 고통의 원인이 되고 다른 사람의 잘못이 내 고통의 원인이 된다는 점을 깨닫는다고 하더라도, 또 모든 고통은 사람이 인생을 살면서 바로잡아야 할 잘못을 보여준다는 점을 어렴풋이나마 이해한다고 하더라도 마찬가지다. 거기에는 여전히 수많은 고통이 완전히 설명되지 않은 채 남아 있다. 보통은 사람들이 병들어 죽지만 때로는 예기치 않은 죽음을 맞는 경우도 있다. 누군가 숲 속을 혼자 걷다가 늑대에게 잡아먹히거나 홀로 물에 빠져 죽거나 얼어 죽거나 불에 타 죽기도 한다. 이런 예들은 얼마든지 있다. 그러나 어느 누구도 그 사람들이 얼마나 고통받았는지 알지 못한다. 이런 일이 도대체 누구에게 어떤 이익을 가져다줄 수 있단 말인가? 자신의 인생을 동물적 생존으로만 생각하는 사람은 이러한 고통을 설명하지 못하고 설명할 수도 없다. 왜냐하면 그들은 죄와 고통의 관계를 눈에 보이는 현상 속에서만 파악할 뿐이고, 더구나 임종의 고통 속에서는 죄와 고통의 관계가 그의 마음속에서 완전히 사라져버리기 때문이다.

고통과 죄의 관계

인간은 두 가지 가운데 하나를 선택해야 한다. 그 하나는 자신에게 닥친 고난과 자기 생활의 상관관계를 인정하지 않고 자기가 당하는 고통의 대부분을 아무 의미도 없는 괴로움이라고 생각하며 견뎌나가는 것이다. 또 다른 하나는 인생에 대한 자기의 그릇된 생각과 죄가 모든 고통의 원인이라는 점을 인정하고 고통이 자신의 죄와 다른 사람들의 죄를 속량해주는 것이라고 생각하는 것이다. 전자는 고통의 외적 의의를 인정하지 않기 때문에 고통이 있어서는 안 된다는 부정적인 견해다. 반면 후자는 참된 생활을 위한 내적 의미를 이해하고 고통은 당연히 있어야 하는 것이라고 받아들이는 견해다.

전자의 견해는 독립된 개인 생활의 행복을 참된 행복으로 생각하는 데서 비롯된다. 후자의 견해는 다른 사람의 행복과 불가분의 관계 속에 있는 인간의 과거와 미래의 행복을 참된 행복으로 인정하는 데서 생긴다.

전자의 견해에 따르면 고통은 아무런 의미도 없으며 결국에는 걷잡을 수 없는 절망과 증오 외에는 어떠한 감정도 일으키지 않는다. 후자의 견해에서 볼 때 고통은 참된 생명의 활동, 즉 죄의식, 죄로부터의 해방, 이성의 법칙에 대한 복종 등을 일깨워 준다.

사랑은 모든 고통을 이겨낸다

인간에게 이성이 없다 하더라도 어쨌거나 인간은 고통의 쓰라림을 느낀다. 즉, 인간의 삶은 개체의 생존에만 있는 것이 아니며, 인간의 개체 생존은 그의 삶 전체 가운데 눈에 보이는 일부분에 불과하다. 자아를 나타내는 인과관계의 외적 결합은 자기의 합리적 의식이 알려주는 인과관계의 내적인 결합과 일치하지 않는다. 인간은 그것을 좋든 싫든 인정해야 한다.

동물은 죄와 고통의 상호 관계를 시공간의 조건 아래서만 파악할 수 있다. 하지만 인간은 시공간의 조건에 매이지 않고 자의식 속에서 파악한다. 다시 말하면 인간은 모든 고통을 자기 죄로 인식한다. 그리고 죄를 회개하는 것이 고통에서 벗어나 행복에 이르는 유일한 길임을 인식한다.

나는 진리에 대한 일정한 지식을 가지고 이 생활 속으로 들어온 것이며, 나의 내부에 있는 과오가 많으면 많을수록 나와 다른 사람들의 고통이 많았다는 것과 내가 과오에서 해방되면 될수록 나와 다른 사람들의 고통이 적고 내가 달성한 행복이 많았음을 알고 있다.

어린 시절부터 인간의 삶은 고통을 통해 죄를 의식하고, 죄에서 벗어나려는 일로 시작된다. 나는 알고 있다. 인간이 태어날 때 이미 진리에 대한 일정한 지식을 지녔다는 것을, 내 안에 죄가 쌓이면 쌓일수록 나와 다른 사람들의 고통은 더욱 커진다는 것을. 반면에 내가 죄에서 해방될수록 나와 다른 사람들의 고통은 작아져서 내가 획득하는 행복은 커진다는 것을 알고 있다. 또한 내가 이 세상을 떠날 때, 비록 임종의 마지막에 고통으로 획득한 것이라고 해도 내가 아는 진리의 지식이 크면 클수록 많은 행복을 얻는다는 사실을 알고 있다.

고통을 참을 수 없는 사람은 세계와 인류 전체의 삶에서 자신을 분리해 생각하기 때문이다. 그는 세상에 고통을 가져온 자신의 죄를 인정하기보다는 자신을 죄 없는 사람으로 여기고, 나아가 세계 인류의 죄 때문에 자기가 당하고 있다고 생각해 고통에 저항한다.

참으로 놀라운 일은 이성이 생명의 유일하고 참된 활동인 사랑을 긍정한다는 사실이다. 이성은 죄와 고통의 관계, 세상 죄와 고통 사이의 관계를 아는 사람만이 고통의 괴로움에서 벗어날 수 있음을 알려준다. 사랑이 실제로 그것을 입증하고 있다.

인간은 삶의 절반을 고통 속에서 보낸다. 이성의 법칙에 따라 사는 사람들은 고통을 참기 어려운 괴로움으로 생각하지 않고 마음에 두지도 않는다. 오히려 고통을 행복이라고 생각하기까지 한다. 그들은 고통을 사람들이 저지른 죄의 결과로, 또는 사랑하는 사람들의 고통을 덜어주는 수단으로 여기고 견딘다. 그래서 사람들은 사랑이 적으면 적을수록 더 많은 고통을 느끼고, 사랑이 많으면 많을수록 고통을 적게 느낀다. 오로지 사랑에서 비롯된 합리적 생활은 모든 고통의 가능성을 배제한다. 고통의 쓰라림은 세계의 생활과 인간의 생활을 이어주는 조상과 자손, 그리고 동시대의 사람들에 대한 사랑의 연결 고리를 끊으려고 시도할 때에만 느끼는 것이다.

36

육체의 고통

인생과 행복의 조건

육체의 고통은 사람들의 생활과 행복을 위한 필수 조건이다.

"어쨌든 아프다. 육체적으로 고통스럽다. 이 고통은 무엇 때문에 있는 것일까?" 하고 사람들은 묻는다.

그러면 우리에게 고통을 준 사람들은 이렇게 대답할 것이다.

"고통은 우리에게 필요한 것, 만약에 고통이 없다면 우리는 살아갈 수 없을 것이다."

이 말을 한 사람은 될 수 있으면 고통을 적게 하고, 그 고통에서 생기는 행복을 크게 해준 사람일 것이다.

아픔을 느끼는 감각은 우리에게 중요하다. 이 감각은 우리의 육체를 보호하고 생명을 유지하기 위한 중요한 요소다. 만약 고통이라는 감각이 없다면, 우리는 어린아이였을 때 심심풀이로 자신의 살을 불

태우거나 난도질을 했을 것이다. 육체의 고통은 동물의 개체를 보호한다. 고통이 개체를 보호하는 한, 어린아이에게 고통은 못 견딜 만큼 큰 괴로움이 되지 않는다. 우리가 못 견딜 만큼 심한 고통을 느끼는 순간은 우리의 합리적 의식이 총동원되어 아픔 따위는 필요 없다고 반항하며 고통과 싸울 때다.

고통을 말할 수 있을 때 비로소 인생이 시작된다

동물과 어린아이가 느끼는 고통은 분명한 한계가 있고 지극히 가벼운 것이어서 결코 합리적 의식을 가진 사람이 맞닥뜨릴 정도의 심한 고통에 이르지는 않는다. 우리가 자주 보는 일이지만, 어린아이는 벼룩에게 물려도 마치 내장이라도 찢긴 것처럼 자지러지게 운다. 그러나 고통은 분별력 없는 사람에게는 아무런 흔적도 남기지 않는다. 누구라도 어릴 때의 고통을 떠올려 보면 알 것이다. 아마 고통의 기억이 조금도 없을뿐더러 얼마나 고통스러웠는지 상상되지도 않을 것이다.

어린아이나 동물이 괴로워하는 것을 볼 때 우리는 그들보다 더 큰 고통을 느낀다. 사고력을 갖추지 못한 사람은 실제의 고통보다 더 심하게 표현하는데, 뇌염, 열병, 장티푸스 등 여러 질병의 고통을 겪는 그들을 보면 우리의 동정심은 훨씬 커진다. 아직 합리적 의식에 눈뜨지 않고 고통이 개체를 보호하는 역할만 하는 시기에는 고통을 심하게 느끼지 못한다. 그러나 합리적 의식이 형성되면 고통은 동물적 자아를 이성에 종속시키는 수단이 된다. 이로써 합리적 의식에 눈뜬 정도에 따라 점점 고통을 적게 느낀다. 실제로 우리는 합리적 의식을 완전히 갖춘 뒤에야 비로소 고통에 대해 말할 수 있다. 왜냐하면 그때야 우리가 고통이라고 할 수 있는 인생이 시작되기 때문이다.

우리가 고통을 느끼는 정도는 얼마든지 커질 수도, 작아질 수도 있다. 실제로 생리학을 배우지 않더라도 감각에는 한계가 있다는 것, 그리고 아픔은 어느 정도에 이르면 감각이 단절되어 기절, 혼수, 무의식 등의 상태에 빠진다는 것을 누구나 안다. 고통의 증대는 극히 제한되어 어느 한계를 넘어설 수가 없다. 생리학적인 측면과는 달리, 고통의 감각은 고통과 우리의 관계 정도에 따라 무한히 증대될 수도, 무한히 축소될 수도 있다.

우리는 고통에 몸을 내맡긴 채 고통을 당연한 것으로 인정함으로써 고통을 전혀 느끼지 않을 수 있다. 그뿐만 아니라 고통을 참음으로써 기쁨을 느낄 수 있다는 사실도 잘 안다. 특히 순교자나 화형을 당하면서도 노래 부르던 후스•는 말할 것도 없다. 그리고 보통 사람들도 매우 참기 어려운 수술을 잘 견뎌내지 않는가. 고통의 증대에는 한계가 있지만 그 지각에는 한계가 없다.

아픔이라는 고통은 자기 삶을 육체적 생존으로 생각하는 사람들에게는 참으로 무서운 것이다. 그리고 실제로 그들은 고통을 가라앉히기 위해 인간에게 부여된 이성의 힘을 오히려 고통을 키우는 데에만 사용한다.

• 1372-1415, 보헤미아 종교개혁의 선구자. 이단자로 단죄되어 화형당했다.

"태초에 신은 인간의 수명을 70년으로 정했다. 그러나 이미 정해진 수명 때문에 오히려 인간의 상태가 나빠진 것을 보고 현재와 같이 바꾸어 자기가 언제 죽을지 모르게 했다."

플라톤이 한 이 이야기에 따르면 처음에 인간은 통증의 감각이 없이 창조되었다고 한다. 그러나 나중에 인간의 행복을 위해 신이 현재와 같은 상태로 고쳐 만들었다고 한다. 이 이야기는 인간이 지금의 형태로 존재하는 사실에 합리성을 부여한다.

만일 신이 인간에게 고통을 느끼지 못하게 했다면, 인간은 곧 고통이라는 감각을 달라고 간청했을 것이다. 인간이 고통 없이 아이를 낳을 수 있다면 마구 낳아서 제대로 기르지도 못할 것이다. 그리고 아이는 자신의 몸을 상하게 할 것이며 어른은 자기보다 앞서 산 사람이나 현재 살고 있는 사람의 잘못을 결코 알지 못할 것이다. 그들은 이 삶에서 자신이 무엇을 해야 할지 모를 것이고, 자신의 생존 목적도 없이 살 것이다. 또 육체의 죽음이 다가온다는 생각도 하지 못할 것이며, 사랑도 하지 못할 것이다.

고통은 인간의 참된 생활을 도와준다

이성의 법칙이 자아를 지배하는 것을 인생이라고 생각하는 사람에게는 고통이 악의 대상이 아니다. 오히려 인간의 동물적 생명과 이성적 생명을 지탱해나가는 데 없어서는 안 될 조건이다. 고통이 존재하지 않았다면 동물적 자아는 자기에게 법칙 위반을 제시할 만한 어떠한 지침도 갖지 못했을 것이다. 또 합리적 의식이 고통을 경험하는 일이 없었다면 인간은 진리를 알지 못했을 것이고 생존 법칙을 배우지도 못했을 것이다. 그런데 여기에 반박하는 사람들은 이렇게 빈정거릴 것이다.

"당신은 자신의 고통을 말하고 있지만 타인의 고통은 어찌 부정할 수 있겠는가? 타인의 고통을 눈으로 보는 것은 무엇보다 큰 고통이 아닌가?"

타인의 고통? 그러나 당신들이 타인의 고통이라고 부르는 것은 언제나 있었고, 지금도 계속되고 있다. 인간과 동물의 세계에는 언제나 고통이 존재했고, 지금도 여전하다. 그 사실을 우리가 오늘 처음 알게 된 것은 아니지 않은가? 부상, 불구, 기아, 추위, 질병, 그 밖의 여러 재난, 특히 우리 가운데 누구라 할 것 없이 이 세상에 태어날 때 반드시 거쳐야 했을 출산 등……. 이러한 것들은 모두 생존을 위해 없어서는 안 될 조건이다. 그리고 그와 같은 고통이 있기 때문에 고통을 줄이거나 고통에서 벗어나려는 노력으로 인간의 합리적인 생활이 형성되었다. 즉, 고통은 인생이 참된 생활로 이어지도록 돕는다.

인간의 고통과 그 원인이 되는 인간의 죄를 올바르게 파악하고 이를 제거하려는 활동이 곧 인간이 하는 일의 전부다. '나'라는 인간은 타인의 고통을 올바르게 파악하기 위해 존재한다. 아울러 합리적 의식으로 모든 사람의 고통 속에서 인간의 죄악을 발견하고 자기와 타인 속에 있는 고통의 원인을 소멸시키기 위해서다.

어째서 노동자의 일거리가 노동자에게 고통의 원인이 될 수 있단 말인가? 그것은 마치 농부가 경작하지 않은 땅을 자신의 고통이라고 불평하는 것과 같다. 경작하지 않은 땅이 고통이 되는 것은 경작된 땅을 보고 싶어 하면서도 그 땅을 경작하는 일이 자기 일이라고 받아들이지 않는 농부에게만 해당된다. 괴로워하는 사람에게 바치는 사랑의 봉사와 고통의 일반적인 원인, 즉 잘못을 인정하고 그 잘못을 바로잡아 가려는 노력은 인간에게 즐겁고 유익한 일이다.

고통을 진정시키려면

인간에게 고통을 주는 것은 단 한 가지다. 그것은 인간이 바라건 바라지 않건 행복만 있는 인생에 인간을 억지로 헌신하게 하는 것이다. 이 고통은 자신과 전 세계의 죄악, 자신과 전 세계의 삶 속에 있는 모든 진리를 누구도 아닌 자기 자신의 손으로 실현할 가능성과 실현해야 한다는 의무감 사이에 모순을 느낄 때 나타난다.

세상의 죄악에 관여하면서 자기 자신의 죄를 의식하지 않아도, 또 자신과 전 세계의 모든 진리를 혼자서 실현할 가능성과 의무를 믿지 않아도 이 고통을 진정시킬 수 없다.

전자의 방법으로는 자기의 고통을 더할 뿐이고, 후자의 방법으로는 살아갈 힘을 잃을 뿐이다. 다만 이 고통은 개인적 삶과 인간이 인정하는 목적 사이에 불균형을 없애는 참된 생명 의식과 활동으로만 가라앉힐 수 있다.

인간은 원하든 원치 않든 간에 출생에서 죽음에 이르기까지 개체의 생존에만 한정되는 것이 아니라는 것을 인정할 수밖에 없다. 인간은 자신이 인식하는 목적에 도달할 수 있고, 이 목적을 향해 나아가면서 자신의 죄를 더욱 깊이 의식하며 삶 속에서 진리를 더욱 널리 실현해나가야 한다. 이것이야말로 전 세계의 삶과 불가분의 관계에 있는 우리의 과업이며 앞으로도 언제나 성립될 삶의 과업임을 인정하지 않으면 안 된다.

인간은 이성적 의식이 아니더라도 살면서 자신의 과오에서 비롯된 고통으로 인해 좋건 싫건 인생의 참된 길로 내몰릴 것이다. 참된 길에는 아무런 장해도 없고, 악도 없다. 그 무엇에도 손상되지 않고, 처음도 끝도 없으며, 끊임없이 성장하는 행복만 존재하는 길로 인간은 달려갈 것이다.

죽음이 될 수 없는 삶, 악이 될 수 없는 행복

인간의 삶은 행복하기를 원하는 욕망, 그 자체다. 이 욕망은 모든 인간에게 반드시 주어진다.

죽음과 고통의 형태로 나타나는 악이 사람에게 보이는 것은 인간이 동물적 생존 법칙을 자신의 생활 법칙으로 잘못 이해할 때뿐이다. 인간이면서도 동물 상태로 타락할 때 우리는 비로소 죽음과 고통을 보게 된다. 죽음과 고통은 도깨비처럼 사방에서 우리를 불러세워 우리 앞에 펼쳐진 이성의 법칙에 따르게 하고, 사랑으로 표현되는 인생의 유일한 길로 몰아넣는다. 죽음과 고통은 인간에 의해

행해진 삶의 법칙에 대한 배반일 뿐이다. 인생 법칙에 따라 사는 사람에게는 죽음도 고통도 존재하지 않는다.

"수고하고 무거운 짐 진 자들아, 다 내게로 오라. 내가 너희를 쉬게 하리라. 나는 마음이 온유하고 겸손하니 나의 멍에를 메고 내게 배우라. 그러면 너희 마음이 쉼을 얻으리니, 이는 내 멍에는 쉽고 내 짐은 가벼움이니라."(마태복음 제11장 28~30절)

인간의 삶은 행복을 향한 욕망이고 행복을 향한 욕망은 사람에게 주어진다. 즉, 죽음이 될 수 없는 삶과, 악이 될 수 없는 행복이 그것이다.